龍云 著
LOIZA 繪

紅衣凶魔

第1章・目睹興衰的榕樹

1

數十年前，無偶道長廟宇後院的榕樹下——

這棵榕樹已經豎立在此數十載，比起這座廟宇來說，這棵榕樹的歲月更為久遠。

校園中隨處都可以見到這種榕樹，像是台北市立大橋國小校門內，就有一棵巨大的榕樹。只不過有別於那棵壯大的榕樹，無偶道長後院的這棵榕樹，卻是骨瘦如柴，一副營養不良的模樣，讓人看久了都會有一種想要好好灌溉它，把它養胖、養壯的衝動。

當然，如果真的可以的話，那麼無偶道長跟在這裡成長的兩師兄弟早就這麼做了。

偏偏就是不管怎麼灌溉，怎麼幫它補充養分，這棵榕樹仍舊像是個非常在意身材的模特兒一樣，怎麼都長不胖。

此刻的榕樹底下，一個年輕人抬頭仰望著它。

儘管骨瘦如柴、營養不良，但是像這樣在樹下仰望著它，還是可以體會到大自然與這棵榕樹的偉大。

這個年輕人是呂偉，也就是那位鍾馗派的傳奇，偉大的道長，不過這些榮耀對現在的他來說，都是未來式，此時的他不過就只是一個學徒，一個剛剛加入鍾馗派沒多久的弟子。

看著這棵榕樹，呂偉不明白為什麼它可以瘦到這種地步。

就在呂偉看到出神的時候，一個身影緩緩地從後面靠近呂偉，專注在榕樹上的呂偉渾然不覺。

「你知道，後面那棟大樓的建商，本來想要砍了這棵榕樹。」

一個熟悉的聲音，從身後傳來，呂偉不用回頭，也知道說話的人是誰。

說話的人是呂偉的師兄，也就是後來道上的人稱為光道長的劉瑜光。

「是喔？」呂偉回頭，果然見到劉瑜光站在自己的身後，跟自己一樣仰望著這棵榕樹。

「嗯，」劉瑜光點頭笑著說：「他們嫌這棵榕樹太醜，會拖累他們房屋的賣價，所以想要砍了它，聽說還出了一筆不錯的價錢。」

「結果呢？」

「師父當然不肯啦，」劉瑜光說：「結果建商們不願意放棄，還請來里長協調，說什麼都要砍了這棵樹。」

「喔？那師父怎麼做？」

「師父騙那些建商，」劉瑜光笑著搖搖頭說：「師父說這裡很久以前是刑場，砍了很多人的頭，那些人的怨靈本來鬧得很兇，是他在這邊蓋廟宇鎮住這些鬼魂，那棵榕樹，就是鎮魂樹，不能砍，不只不能砍，就連想砍都不能想，不然會惹惱那些鬼魂的。」

聽到劉瑜光這麼說，呂偉臉上浮現出燦爛的笑容。

因為什麼過去是刑場啦，還有什麼這是鎮魂樹啦，一聽便知是從以前就很喜歡唬爛的師父，胡亂編出來的謊言。

這就是兩人的師父無偶道長的個性，明明功力了得，卻總喜歡用一些很奇怪的點子取巧，不願意好好跟人家溝通，老是耍這些小聰明，雖然這點常常讓師兄劉瑜光很受不了，不過也不得不承認，無偶道長這些伎倆，通常都比溝通還要來得有效。

「他們相信嗎？」呂偉笑著問。

「本來不信，」劉瑜光面露無奈地說：「不過師父跑去人家公司跳鍾馗，還跳一半就閃人，那些鬼魂當然暴動啦，師父自己是沒事，不過那間公司上上下下都被那些鬼魂鬧得不得安寧。」

聽到劉瑜光這麼說，就連呂偉都失笑得張大了嘴。

畢竟跳鍾馗跳一半不跳，其他的不要說，光是那個跳鍾馗的道士，本身就非常危險，就算是再怎麼藝高人膽大，這麼做也太瘋狂了，尤其是自己的師父跳鍾馗都不是使用戲偶，而是親自上陣，危險性更是難以想像。

也正因為這樣的緣故，道上有很多道長都常會跟他們兩師兄弟說，要隨時做好自己師父會玩死自己的心理準備。

不過不需要劉瑜光說，呂偉也明白，師父會這麼做，都是為了保全這棵榕樹，只是手段激烈、冒險了一點。

「有必要為了這棵……瘦巴巴的榕樹，」呂偉皺起了眉頭：「拚到這種地步嗎？」

「哈哈哈，」劉瑜光笑著說：「你知道的，師父說這就叫……」

「……義無反顧。」呂偉白著眼接話：「真是受不了。」

「結果被嚇壞的建商，」劉瑜光接著說：「不但承諾不砍這棵樹，還請師父去做法事。」

想不到最後會是這樣的結果，呂偉用手扶著自己的額頭。

「唉，」劉瑜光苦笑搖搖頭說：「我們師父就是這樣。」

「不過也算是保住了這棵大樹一命。」呂偉回頭仰望榕樹。

兩人一起默默地仰望榕樹一陣子，雖然嘴巴沒說，但是兩師兄弟這些年也對這棵榕樹有感情了，能夠保住這棵榕樹，對兩人來說，當然也是件好事。

這些年來，兩人先後在這棵榕樹下，苦練著所有鍾馗派的功夫，對兩人來說，這棵榕樹也真的算是默默看著兩人長大。

「一個月了，」看了一陣子之後，劉瑜光笑著問身旁的呂偉：「七式練得如何？」

聽到劉瑜光這麼說，呂偉臉上也浮現出一抹微笑，挑起了眉毛說：「嘿嘿，試試看就知道啦。」

呂偉說完後，向後轉身，走到了後庭的中央，劉瑜光也轉過身，來到了另外一邊。

兩人先是向對方微微一鞠躬之後，不約而同地舉起了手，擺出了一模一樣的架式——魁星七式的起手式。

兩人皆師承鍾馗派北派掌門，自然都會魁星七式，而這也是一路從鍾馗祖師傳承下來的最佳證明。

過去，兩人就像這樣切磋過無數次了，最近因為師兄劉瑜光到南部辦事，所以兩人已經一個月沒有相互切磋了，這一次，呂偉打算讓師兄看看，自己這一個月苦練的結果。

因此，在劉瑜光點了點頭之後，呂偉道長立刻朝師兄攻了過去。

一開始，劉瑜光採取守勢，讓身為師弟的呂偉盡情地展開攻勢，呂偉把這一個月自己苦練的結果，完全展現出來，可是卻仍然破不了師兄那滴水不漏的防守。

在一陣猛攻之後，光師兄抓住了呂偉的一個破綻，轉守為攻，開始對呂偉展開攻勢。

結果呂偉這邊，卻撐不了多久，眼看師兄一腳踏過來，擋住了自己的進路，伸出手來，想要擋住這招隨即會揮過來的手部攻擊。

畢竟劉瑜光所用的也是呂偉熟悉的魁星七式，因此每一招後續會有什麼動作，呂偉也很熟悉，所以才會下意識伸手去擋。

誰知道，後續的那隻手沒有過來，反倒是光師兄的屁股一頂，就這樣重重地頂在呂偉的腰上。

下盤不穩，又把注意力集中在上盤，完全沒料到自己的師兄竟然會用屁股頂，呂偉被這麼一頂，整個人向後一仰，一屁股重重地摔在了地上。

被光師兄擊倒的呂偉，先是愣了一下之後，然後突然哈哈大笑了起來。

「這屁股了不起！」呂偉大聲笑著說，佩服的神情全寫在臉上。

呂偉對於自己的這個師兄，還真是打從心裡佩服得五體投地啊。

同樣都學魁星七式，但是這招呂偉只知道可以用手來揮擊對手，想不到屁股還可以頂人，這真的是不服都不行了。

看到呂偉這模樣，光道長微笑地搖搖頭。

如果要說這個師弟，讓他有什麼怨言的話，就是太過於缺乏野心，或者應該說太過於正面、陽光。

就像現在這樣，即便被擊敗，一屁股重摔在地上，他也能哈哈大笑，完全不放在心上。

「被打敗還那麼開心啊？」光道長笑問。

「嘿嘿。」呂偉搔了搔頭。

「你啊，」光道長搖頭說：「有點好勝心好嗎？」

「光師兄你那麼厲害，」呂偉說：「輸給你，理所當然啊。」

「這可不行啊，」劉瑜光雖然這麼說，不過還是伸手將坐倒在地上的呂偉拉了起來：「師弟啊，你要記得我們是名門正派，鍾馗祖師一路傳承下來，到了鍾九首師祖之後，就沒有鍾家人了，有的……就是我們。」

聽到光師兄這麼說，呂偉似懂非懂地點了點頭。

「你應該知道，」劉瑜光突然一臉沉重：「我們鍾馗派，現在真的是陷入黑暗期啊。雖然說清朝大戰我們好不容易戰勝了鬼王派，但是後來遇到了戰亂，我們鍾馗派來到台灣之後，還是一樣四分五裂。」

雖然說呂偉性格開朗，遇到什麼事情總是可以用最正面的態度來看待，不過聽到師兄這麼說，臉上的笑容也逐漸消失，一臉嚴肅地聽著。

「未來，」劉瑜光正色道：「我希望可以振興這個門派，讓這個門派得到應得的榮耀，也要重新召開道士大會，整合我們這個四分五裂的門派。如果一切順利的話，我相信我們鍾馗派一定會再度強盛起來，成為人人尊敬的大門派。」

呂偉點了點頭，劉瑜光臉上也浮現一抹笑容。

「天曉得，」劉瑜光笑著說：「如果真有這麼一天，說不定總統還會命我為國師呢。」

聽到光師兄這麼說，呂偉也笑著說：「如果是師兄你的話，我相信一定可以的。」

這倒不是阿諛奉承，而是這時候的劉瑜光，已經學成出師，在地方上還頗具聲望，儼然已經是鍾馗派的明日之星，實力當然不在話下。

如果要說有誰可以振興這個門派，那麼這個時候不管是誰，恐怕都會說出劉瑜光的名字。

「不過，」劉瑜光拍了拍呂偉的肩膀說：「我需要一個跟你一樣的師弟，幫助我。阿偉啊，師兄我呢，是獨子，沒有兄弟姊妹，所以我一直都把你當成自己的親弟弟一樣看待。」

呂偉看著自己的師兄。

「在鍾九首師祖去世之後，」劉瑜光說：「鍾馗派就沒有鍾家的人了，我們就是繼承那位鍾九首師祖的人，我們是一路嫡傳下來的弟子，我們代表的不只有鍾九首師祖，還有他的祖先鍾馗祖師爺。即便我們不是鍾家人，我們還有鍾家魂。我們就是最正統的鍾馗派師兄弟，能夠讓這個鍾馗派重返榮耀的，也只有我們了，所以你一定要變得跟我一樣強，然後我們師兄弟聯手，一起實現這個夢想，好嗎？」

呂偉臉上浮現出感動的神情，抿著嘴用力地點了點頭。

多年後，呂偉道長也學成出師，正如今天兩人所說的一樣，呂偉並沒有讓劉瑜光失望，兩人一起聯手確實開創出一個嶄新的局面，也確立了光與偉時代的來臨。

不過不管是誰，都沒有想到，這個時代卻像燦爛的煙火般，稍縱即逝。

光道長當初的理想，一個也沒有實現，反而是他的師弟呂偉，那個原本應該輔佐他的人，將理想一個接著一個實現了。

2

在兩師兄弟那一場切磋的多年後，同樣無偶道長廟宇後院的榕樹下——

仰望著這棵瘦小榕樹的呂偉，腦海裡浮現出十年前的景象。

當時的自己，還只是個剛入門的學徒，跟自己的師兄光道長，一起在這棵大樹下切磋練習。

當時的光師兄，還懷有雄心大志，而自己也是個不知天高地厚的年輕人，如今……

想到這裡，就連呂偉都不禁感慨與感傷了起來。

曾經，就連呂偉都相信，自己師兄光道長對未來的期許，對這個門派未來的想像。卻不知道原來打從一開始，這幾乎就是個痴人夢話，一場絕對不可能會實現的白日夢。

與當年一樣的是，一個身影緩緩地靠近，不過不一樣的地方是，即便專注仰望著榕樹，呂偉還是知道了身後有人靠近，回過頭，果然看到了那熟悉的身影。

劉瑜光打包好了行李，雙目凝視著呂偉，那眼神流露出來的，不再像是過去那樣的兄弟情誼，而是充滿了怨恨的目光。

看了劉瑜光的行李，呂偉也知道劉瑜光的打算。

「師兄，」呂偉面無表情地說：「其實，你不需要離開。」

劉瑜光聽了，立刻瞪大了雙眼。

「你不用在那邊說這種風涼話，」劉瑜光憤恨地說：「這些日子以來，你還有把我當成你的師兄嗎？」

面對劉瑜光的質問，呂偉無話可說地低下了頭。

「當年，」劉瑜光一臉怨恨，用手指著呂偉說：「你進入這個門派的時候，我是怎麼對你的？我把你當親弟弟！你把我當猴子耍？」

聽到劉瑜光這麼說，呂偉抬起頭，不過卻仍然不發一語。即便看起來像是有千言萬語想要反駁，但是現在的呂偉，確實什麼話都沒有辦法說，更沒有資格說。

「一樣沒話說？」劉瑜光挑眉：「都到了這個時候，你還要保持沉默？」

呂偉抿著嘴，用行動代替回答。

確實，此時不同往昔，現在兩師兄弟的師父無偶道長已經死了，不過如果能說的話，呂偉早就說了，現在師父無偶道長死了，呂偉更沒有辦法開口了。

「你沒資格把我排除在外！」看到呂偉的態度，讓劉瑜光更加光火：「你不要忘記！我是你師兄！我才是正宗！」

劉瑜光的話，讓呂偉更是沉痛地閉上雙眼。

就是因為如此，呂偉才沒有辦法開口吐露真相。

一直到此時此刻，雖然就行為來說，變的是呂偉，但是呂偉的心，卻與十年前在這棵樹下的他一樣，沒有絲毫改變。

然而就行為來說，不變的雖然是劉瑜光，但是他的心，卻早已經不能認同自己的師父與師弟了。

這就是兩人所面對的窘境，更可以說是兩人沒有辦法逃避的宿命。

看著呂偉一樣不說話的態度，讓劉瑜光氣到渾身發抖，雙手緊握著拳頭。

當然，這已經不是第一次劉瑜光質問呂偉了，只是這一次，劉瑜光期盼著呂偉可以念及舊情，並且在師父無偶道長已經身亡的這個時候，坦白向自己說出這些日子以來的事情，不過看來，呂偉還是決定繼續裝聾作啞。

雖然劉瑜光已經對自己完全沒有所謂的情誼了，但是在呂偉的心中，不只感覺到愧對這個師兄，對師兄的情誼，卻半點也沒有改變，可惜的是，這份情劉瑜光完全感覺不到。

對他來說，此刻這個師弟，只有面目可憎足以形容。

如今，在師父已經去世的此刻，雙方也失去了一起攜手走下去的羈絆了。

「從今以後，」劉瑜光咬牙切齒地說：「我們恩斷義絕，我不會再認你這個師弟，你也別指望我會承認你是正統。」

這句話，就好像一塊巨石般，綁著呂偉的心沉入大海之中。

果然……這還是光師兄永遠都沒有辦法跨越的難關。

儘管劉瑜光如此的怨恨，呂偉只能淡淡地說：「但是你仍然是我的師兄，在我心中……你永遠是那個我敬重的師兄。」

只是這樣的話，完全沒有辦法撫平劉瑜光心中的傷痛，更沒有辦法消緩劉瑜光的怒火。

「媽的，」劉瑜光瞪大雙眼斥道：「都已經到這個地步了，你還在那邊貓哭耗子假慈悲，我真他媽的想撕爛你的那張面具。」

面對劉瑜光這熊熊燃燒的怒火，呂偉知道自己什麼也沒有辦法做，只能攤攤手。

「那……就來吧，」呂偉說：「如果這樣可以讓你好受一點。」

剎那間，呂偉終於明白了當時師父的心情。

雖然說，呂偉跟光不是親兄弟，但是這些年一起長大，根本就跟兄弟一樣。

如今雙方鬧到這步田地，絕對不是呂偉所樂見的。

可是，光有光的怨恨，呂偉也有呂偉的悲哀。

當一個人需要欺瞞一個自己最在乎的人，多半都只有一些不得已的苦衷，可惜的是劉瑜光的憤怒，遮蔽了他的雙眼，讓他沒有辦法看清事情的本質。

因此，在憤怒的驅使之下，劉瑜光再也忍不住，撲向了呂偉。

過去，在這棵榕樹之下，兩師兄弟交手過無數次，但是沒有任何一次，是像這樣連擺出起手式都沒有，就直接開始動手。

而且過去也沒有任何一次，兩人有想要傷害對方的意圖，但是這一次，劉瑜光是真的動氣了，他恨不得狠狠揍扁呂偉，撕下他的假面具。

當然，呂偉說那樣的話，絕對不是為了激怒自己的師兄，而是發自內心的心聲。

因此，劉瑜光這一拳揮過來，他完全沒有躲避，就這樣被劉瑜光一拳打在臉上。

一拳得手之後，劉瑜光完全沒有釋放憤怒的感覺，跟著一拳一腳痛毆著呂偉，這時的劉瑜光，已經氣到完全失去理智，就連打呂偉，也沒有招式，完全就像是混混打人一樣。

或許這樣被師兄殺了，也是件不錯的事情。

在呂偉的生命中，兩個最重要的男人，一個是自己的師兄，另外一個就是自己的師父，如今一個已經被人殺害了，而另外一個卻視自己為死仇，這樣的人生，戀無可戀，不如死了痛快。

因此這樣的想法，才會浮現在呂偉的腦海之中。

就這樣被光師兄打死，也算是為這段悲慘的宿命，畫下個不堪的句點吧。

呂偉就這樣毫無抵抗，任憑師兄一拳一腳的痛毆。

「你以為你不抵抗就可以了嗎？」劉瑜光叫道：「我不會跟你客氣！」

話沒說完，一拳又揍在呂偉的臉上。

看到呂偉毫不抵抗的模樣，絲毫沒有減弱劉瑜光的怒火，事實上情況剛好相反。

就因為呂偉老是像現在這樣，只讓劉瑜光更加氣憤。

作夢也想不到，呂偉過去就一直很缺乏的好勝心，在此時此刻看起來，就更為讓人怨恨。

就好像一個缺乏運動精神，根本無心勝負的選手一樣，讓自己就好像白痴一樣，在乎著不應該在乎的東西。

一副高高在上，看破紅塵的模樣，真的讓人氣憤到了極點。

不過就連光道長也知道，今日之呂偉已經跟過去不同了，光是拳腳功夫，光道長也知道自己很可能不是呂偉的對手，如果不是呂偉不動手，自己可能真的打不過他。

不過，這不是因為呂偉天分高、經驗多，而是師父的偏心、藏私的結果！

即便一拳拳打在呂偉身上，但是那氣憤的感覺，卻越來越濃烈。

你這小子不擋是吧？好！

「你就死在這裡吧！」劉瑜光咆哮道。

即便此刻的呂偉，已經不同於往日，不過終究還是血肉之軀，在劉瑜光接二連三的攻擊下，意識也有點不清楚了。

這時聽到了劉瑜光咆哮，也只聽到了一個字——「死！」

確實，再這樣下去，自己真的會死，

這個意識與這個想法，比拳頭更快揮入自己的腦中。

突然之間，在這個字掃過腦海之際，一度放棄的求生意志，卻在這時候活躍了起來。

不行！自己不能死在這裡！

重新燃起求生意志的，是一種背負千年沉重的責任感。

一死，那麼師父所託付下來的一切，就會付諸流水，因此那求生意志才瞬間跳了出來。

幾乎同時，呂偉的身體也有了反應。

呂偉一拳擋開師兄攻擊的同時，另外一掌也向前一擊，打中了劉瑜光的胸口。

這一下來得突然，不過劉瑜光就算有所準備，絕對也應付不了。

因為呂偉的左手左腳與右手右腳，同時使出完全不同的魁星七式，這根本完全超過了劉瑜光所能應付的範圍。

而且更重要的是，呂偉這麼用出來，動作之流暢，讓人有種好像原本魁星七式就應該這麼用一樣的理所當然。

劉瑜光被這一掌打退，腳步一個踉蹌，整個人一屁股就這樣重重摔在地上。

不過比起身體上的痛楚，劉瑜光的心理受到的打擊更是巨大。

看到呂偉這一手魁星七式，讓劉瑜光有了深刻的體悟。

果然……完全不在同一個層次。

然而他非常清楚，自己的師弟，沒有那麼高的領悟力，可以將魁星七式融會得如此透徹。

畢竟當年的他，是連哪一招可以運用屁股把人頂出去都不知道的人。

如今，卻能夠左右聯擊，用出完全不同的魁星七式。

這絕對不是天賦，因為他非常清楚自己的師弟呂偉不是天才。

當然呂偉這一掌的威力，絕對比剛剛劉瑜光打在呂偉身上的任何一拳都還要來得輕，而是跟當年切磋的時候一樣，結果也跟當年一樣，只不過情況是倒過來，今天一屁股坐在地板上的，是師兄劉瑜光。

同樣都是一屁股坐倒在地，兩人所能接受的程度，卻是天壤之別。

呂偉心服口服，但是劉瑜光卻是一臉怨恨。

然而既然呂偉已經決定出手抵抗，那麼就現在的狀況來說，劉瑜光也知道，如果硬要動手，恐怕也是自取其辱。

但是這口氣，劉瑜光說什麼也不願意吞下。

「從今天起，」劉瑜光冷冷地說：「我們各走各的路，別再跟我以師兄弟相稱。」

這一天，兩個原本情如兄弟的師兄弟徹底決裂，同時也等於正式宣告，光與偉的時代，畫下了一個句點。

只是不管是呂偉還是劉瑜光都想不到的是，鍾馗派告別了光與偉的時代之後，轉身邁向了一個更加光輝的時代，也就是鍾馗經偉的全盛時期。

3

時光又經過了許多年，又是同樣的這一棵榕樹之下——

同樣的那個身影，又再一次佇立在這棵榕樹之下。

距離兩師兄弟在這棵榕樹下決裂，又過了十多年的光陰。

如今，一切都不一樣了。

雖然已經年過半百，但終究是修道之人，看起來與當年決裂時，並沒有老化太多，只是多了些白髮。

儘管容貌改變不大，不過現在的狀況已經跟當年完全不同。

如今的呂偉，已經整合了鍾馗派，順利召開了道士大會，成為鍾馗派首屈一指的大道長，就連總統也任命他為國師。

想不到，當年他師兄光道長的夢想，他竟然一一實現了。

可惜的是，即便如此，光道長與他仍然形同陌路，雖然在道士大會上，兩人名義上還是以師兄弟互稱，但是實際上，貌合神離的情況，只要細心一點的道長都可以察覺得到。

這幾年來，由於鍾馗派的順利發展，呂偉也一直釋出善意，希望可以化解一下師兄光道長的怨恨，不過呂偉表現得越謙卑，光道長就越顯得高傲，反而更加營造出師兄欺負師弟的狀況。

這些態度與交鋒，眾道長也看在眼裡，自然也都往心裡放，導致呂偉道長的聲望，越來越高，而光道長則越來越被人看輕。

雖然這些都不是呂偉道長所能改變的，不過也還是會感覺到愧疚。

一想到今天的人事全非，不免讓呂偉道長懷念起剛入門的光陰。

雖然那時候的鍾馗派，積弱不振，分散四處，很多廟宇都陷入經營困境，幾乎快要撐不下去了，但是那時候的他們，沒有這些恩恩怨怨，沒有這些是是非非，有的只是將這門功夫，好好繼承，然後接著傳承下去的責任感。

每天的苦練與修行，雖然很辛苦，不過心情卻很開朗，每天都是笑容滿面，即便跟師父或師兄切磋，被打得滿頭包也是甘之如飴。

過去的景象浮現在呂偉道長的腦海之中，當然其中最讓呂偉道長思念的，就是自己的師父。

一想起了無偶道長，自然而然也浮現出另外一個人的模樣。

那個人不是別人，正是自己的徒弟阿吉。

有時候，呂偉還真會覺得阿吉就像是無偶道長轉世一樣。

那嘻皮笑臉的態度，還有那些古靈精怪的想法，都跟無偶道長如出一轍。

面對這樣的阿吉，呂偉道長總是會想起自己那玩世不恭的師父。

很多周遭的人完全不了解，為什麼一個堂堂的大道長，可以容忍這麼調皮搗蛋的小鬼當作自己的弟子。

其實原因沒有別的，就是因為阿吉像極了呂偉道長的師父，所以呂偉自然對阿吉的包容力，有如大海般海量。

一來是對自己師父的懷念，二來是以前已經吃了很多師父的虧，早就練就對這種事情的高超容忍力。

原本在呂偉道長的規劃中，並不想收弟子，因為他知道，一旦有了弟子，這份孽緣也會跟著傳承下去，如此一來只會為代代帶來痛苦，所以呂偉道長原本打算，讓北派在他這一代終結。

誰知道阿吉的出現，改變了他的想法。

然而，即便呂偉道長改變了主意，卻仍然不會改變任何狀況。

這孽緣仍舊存在，而這傳承下去的除了口訣與功夫之外，也傳承了這份宿命。

雖然對自己的師父無偶道長，有著無比的尊敬與感情，但是……曾幾何時，在自己內心深處，確實也對這樣的宿命有所怨懟。

如果，阿吉有天知道了自己的宿命，會不會也對自己有這樣的情緒呢？

想到這裡，不禁讓呂偉道長重重地嘆了口氣。

這時一個身影從後面靠了過來，那是跟這棵大樹一樣，目睹著鍾馗派這幾代一路走過來的人，同時也是這座廟宇的現任廟公——趙伯。

打從呂偉入門以來，趙伯就已經在這座廟宇工作了，因此趙伯也算是看著呂偉等人一路走來的見證人。看著感情深厚的三人分崩離析，也讓趙伯十分感慨。

不過，至少到了現在，一切都還算是有了個好的結果。

「天氣涼了，」趙伯對呂偉說：「阿偉你現在位高權重，還是要多注意自己的身體啊。」

「謝謝，」呂偉點了點頭：「我待會就進去。」

看到呂偉一臉愁容仰望著大樹的模樣，讓趙伯有點不解。

「看你心事重重的樣子，」趙伯問：「現在一切都上軌道了，你還有什麼放心不下的事情嗎？」

「……有。」

仰望著榕樹，呂偉吐露出自己最深沉的願望。

「我希望……」呂偉語重心長：「阿吉未來不會恨我。」

4

現今，同一棵榕樹之下——

在經過了這麼多年之後，過去的那些是是非非，彷彿都隨著那些故人一樣，一個接著一個離世了。

如今就連那個呂偉道長都已經不在了，仰望著這棵榕樹的人，是呂偉道長的唯一一個弟子——阿吉。

前幾天因為幾個不肖歹徒的襲擊，打傷了長年守在這座廟宇，年事已高的趙伯公。

阿吉因為只有到了夜晚才能夠清醒之故，只能在夜晚去探望伯公。

雖然過了探病時間，不過由於阿吉的情況特殊，只得偷溜到醫院裡面去看望伯公的狀況。

聽安仔轉述醫生的話，雖然目前情況還算穩定，不過仍然需要觀察一陣子。

因此雖然直到現在，伯公都還沒有醒過來，但聽到醫生這樣說，阿吉至少安心了一點。

回來之後，洗完澡，阿吉就這樣佇立在後院，仰望著這棵瘦弱的榕樹。

對阿吉來說，與這棵榕樹之間的感情，當然不如么洞八廟的一草一木那般強烈，因為阿吉打從一開始就是在么洞八廟的空地遊玩長大的，後來也是在么洞八廟練功，不常來這座廟宇。

可是每次跟著師父呂偉道長來到這裡時，呂偉道長總是會像這樣仰望著這棵榕樹，不用呂偉道長說，阿吉也了解呂偉道長跟這棵樹，有著許多珍貴的回憶。

然而對於這棵榕樹下曾經發生過的一切，阿吉卻完全不清楚。

由於呂偉道長不喜歡提到自己的師父無偶道長，因此就連阿吉也不太了解關於無偶道長的事情。

而呂偉道長與他的師兄光道長之間的事情，呂偉道長也不曾多說，不過透過其他道長轉述，加上光道長到處破壞呂偉道長名聲，阿吉倒是知道一些情況。

就光道長的說法，從這個師弟進門之後，他就一直待呂偉道長如同手足，誰知道呂偉道長卻跟自己的師父搬弄是非，破壞他的名聲，導致師父對他日趨冷落。

類似這樣的抱怨，光道長幾乎是逢人便說，只是相信的人，卻是寥寥無幾。原因就出在光道長仗著自己是北派嫡傳的弟子，總是擺出高高在上的模樣，才讓其他人認為，如果自己是無偶道長，肯定也不會喜歡劉瑜光這樣的弟子。

加上不管光道長這邊如何惡意中傷，呂偉道長仍然好言相向，不曾口出惡言侮辱過這個師兄，一高一低的情況之下，更是加大兩人之間的差距。

在其他人的眼中，簡單來說光道長就是眼紅呂偉道長的成就，而且認為自己之所以不如呂偉，完全是因為師父的偏心，而造成這樣狀況的原因，就是呂偉從中作梗。

不過不管當年的情況，到底光道長說的是真是假，都不會改變現在的狀況，也不論當時道上的人，有多麼瞧不起光道長，但最後卻仍然還是響應了他的號召，一起動手打算奪取師父傳下來的口訣。

這就是讓阿吉感覺到心寒的地方。

如果眾人一開始就聲援光道長，那麼或許阿吉也沒什麼話說，他們最後會響應光道長，還算合情合理。

但是偏偏眾人都不信光道長所言，在師父還在世的時候，極盡巴結之能事，最後卻跟光道長同流合汙，讓人不免感慨，這就是人情冷暖的世道。

相較之下，當年師父在世時，老是跟他針鋒相對的東派掌門，最後仍然一身傲骨拒絕光道長的邀約，或許才是真正讓人佩服的漢子。

可惜的是，這樣的漢子最後被他們殺了。

如果有機會的話，阿吉倒是想要代表師父，為這位東派掌門上個香。

雖然說，阿吉還是相信自己的師父呂偉道長，可是仰望著這棵榕樹，內心仍然有些許不安。

當然，造成這種心理狀況只有一個原因，就是陳憶玨與伯公說的那句話——呂偉道長對陳伯與伯公說過：「希望阿吉不要恨我。」這樣的話。

乍聽之下，阿吉確實覺得莫名其妙，完全不清楚為什麼師父會說出這樣的話，不過現在仔細想想，有一件事情倒是浮上了阿吉的心頭。

雖然說那件事情一直沒有發生，而且如果呂偉道長所說的，是那件事情的話，怎麼樣也不應該說希望自己不要恨他。

不過，阿吉還是想起了那件事情，那就是——師徒對決。

只是如今，師父呂偉道長都已經死了，這件事情本來不應該發生，卻萬萬想不到，最後還是發生了師徒對決這件事情。

只不過自己卻是站在師父的角色，跟徒弟對決，這絕對是阿吉完全沒有想到過的事情。

然而，此刻阿吉心中浮現的師徒對決，當然不是指跟曉潔的那場月下對決，而是指自己跟師父呂偉道長之間的對決。

曾經，有過這麼一段時間，阿吉認為自己終將會跟自己的師父一決死戰。

然而雖然這麼相信，不過當年還年輕的阿吉，根本不知道自己完全沒有覺悟。

記得自己當時，還煞有其事地跑到了師父呂偉道長面前，對師父說：「師父，沒事不要到後院喔！」

「怎麼啦？」當時的呂偉道長笑著問。

「喔，」阿吉說：「我在研發新招式，要對付師父你的，所以你不能來偷看。」

就是天真到這種地步，渾然不知道如果有天這樣的情況發生了，會是多麼糟糕的事情，才會大放厥詞對師父說出這樣的話。

當然，對此當時的呂偉道長一笑置之，而且也真的照阿吉所要求的一樣，完全沒有到後面去看過。

不過這場宛如夢幻般的師徒對決，到頭來終究沒有發生，又或者應該說，還來不及發生，呂偉道長就已經去世了。

這或多或少，對阿吉來說，都是種遺憾，因為……他確實研發成功了，那個要用來對付師父的招式。

但是他一直沒有辦法讓自己的師父看到，自己基於敬重與師徒情誼，特別為師父研發出來的超必殺技。

當然，在遺憾的同時，阿吉也很慶幸，自己沒有真正用到這個必殺技的一天。

只是……師父應該也很清楚自己當時這麼做的目的，不是真的為了要跟他一決高下，因此不管情況多麼惡劣，事態真的發展到那種地步，自己也不可能真的恨他。

既然如此，又何來什麼不要恨他之說呢？

除了這件事情之外，又有什麼事情，是師父呂偉道長擔心自己會怨恨他的呢？

仰望著榕樹，阿吉心中完全沒有答案。

榕樹靜靜地佇立著，一路看了鍾馗派三代的興衰。

如今，它仍舊在這裡，而鍾馗派，也將面臨史上最關鍵的存亡之戰。

第2章．最終絕招

1

台北第一殯儀館——

突如其來的一陣鈴聲，嚇到了愣愣地站在原地的鍾家續。

回過神來，看到了一整排穿著西裝的來賓，正在對著父親鍾齊德的遺照行禮。

在亞嵐的協助之下，鍾家續為自己的父親鍾齊德舉辦了這場喪禮，對喪禮還算熟悉的亞嵐，在很多方面都給了鍾家續可靠的意見。

亞嵐的父母在她還沒成年時，就已經去世了，因此她跟她哥哥也算是一起送走了自己的雙親。

也正因為這個緣故，亞嵐對於喪禮的流程與該注意的事情，還算清楚。

雖然鍾家續的母親也已經亡故，不過因為那時鍾家續剛出生不久，他對當時一點記憶也沒有，因此對於這類事情，其實就跟一般大學生一樣一無所知。

儘管如今距離亞嵐母親去世也差不多快要十年了，不過對於後事這檔事，還是比鍾家續熟練許多。

亞嵐的母親是學校的退休教師，生前雖然不至於到交遊廣闊，但是任教過的學校，都有派代表前來悼念，幾個跟母親交情比較好的教職員工，也有特別請假前來，送老友最後一程，因此當時的喪禮幾乎從頭到尾都很順利，沒有什麼冷場。除此之外，一些親屬雖然平常沒有多少聯絡，但是到了這個時候，還是有到場協助亞嵐兩兄妹處理後事。

不過如今跟鍾齊德的喪禮相比之下，真的讓人感覺到強烈的對比。

明明也算是名門後代，堂堂驅魔至尊鍾馗的後代，卻連一個親朋好友都沒有。

親屬方面也只有一個鍾家續，完全沒有什麼叔伯姑姨。

整個會場空空蕩蕩，就連協助進行喪禮的禮儀公司，都對鍾家續抱以同情的眼光。

整場喪禮不要說冷場了，根本就沒人到場悼念，到最後甚至是禮儀公司的人下場祭拜，才讓整個喪禮有了一點動靜。

不過鍾家續一直站在旁邊發愣，因此鈴聲一響，整個人縮了一下，被嚇了一跳。

看著這樣的場面，雖然內心也確實很同情鍾家續，不過曉潔卻有更多感受。

會有今天這樣的狀況，絕對跟兩派之間的惡鬥，有著強烈的因果關係。

當年有名的「九首歸鄉」，其實一開始的時候，也跟現在鍾家的狀況有點像，也是只有少數幾個人帶著鍾九首的大體，從台灣出發，一路準備護送九首回到故鄉。

雖然這段典故，曉潔並不清楚，但是確實兩派的惡鬥，讓鍾馗本家陷入了難以挽回的困境之中，也是不爭的事實。

這也讓曉潔真的完全不能理解，真的有必要彼此互相傷害到這種地步？墮入魔道者，真的只有血染戲偶的鬼王派嗎？

想起幾年前在J女中發生的那些事情，以及最後決戰之際，那些聚集在光道長名下的眾多鍾馗派道士，曉潔不免感到困惑。

這些人當時的所作所為，真的配得上稱為正道嗎？

如果在他們這一代都發生這樣的事情，那麼過去兩派惡鬥正酣的時代，又有多少見不得光的事情呢？

而這一切爭鬥又為了什麼？力量？利益？

人是不是一定要拚個你死我活，分出個高低，哪怕用盡多無恥的手段都沒關係？

不過曉潔也知道，就算自己不能理解，但是這樣的事情仍然一直發生。

綜觀整個社會，其實彼此爭權奪利，有時候跳脫出那個框架來看，就是這麼可笑與可悲。

同一個家族裡面的人，為了爭寵，甚至彼此勾心鬥角，說穿了，不過就只為了讓自己的雙親多愛自己一點，就算是遺產，也不過就是一點錢。

同一家公司裡面的人，為了爭權奪利，組成一堆小團體，就只為了共同鬥垮其他同事，這種例子屢見不鮮。

這些彼此爭鬥的案例，有時候根本沒有明顯的利益可言，但是就是為了讓自己爽，搞出一大堆是非。

彷彿讓其他人活得痛苦，自己就可以相對比較快樂一點，如此幾乎可以說是喪心病狂的狀況，隨處可見。

學校的霸凌事件，更是這種情況的代表。

有力量，不見得會讓人腐敗，不過確實可以讓人赤裸裸地表現出自己內心的黑暗。

想到這裡，讓曉潔不禁想起了他。

那麼阿吉呢？他是不是也是因為有了力量，而開始不分青紅皂白了呢？

雖然有這樣的疑慮，不過曉潔還是願意相信，阿吉不是這樣的人。

只是就連曉潔自己也不知道，這會不會也是另外一種執迷不悟。

這時那些禮儀公司的人已經陸續上完香了，整個場面又再度回到了冷冷清清。

看著這空無一人的喪禮，這就是鍾馗後代該有的場面嗎？

雖然聽阿吉說過，其實鍾家人不是人人都加入鍾馗派，因此鍾馗的後代，還有很多活存在人世間，遠離這些紛擾。

不過，在鍾馗、鬼王兩派，就只剩下鍾家續這一個繼承人了。

不管什麼原因，都不應該是這樣的景象。

姑且不論鍾家續說的是真是假，鍾齊德是不是呂偉道長打傷的，他都不應該落得如此下場，不管鍾齊德做過什麼，當年那樣的重創都已經足以彌補任何事情了，因此更不應該這麼淒慘才對。

想到這裡，讓曉潔再也不願意就這樣坐視這些恩怨橫行，製造出一代又一代的悲劇。她想要做點什麼，哪怕只有一點象徵性的意義也沒關係。

衝著這個想法，曉潔站起了身，來到了鍾家續的面前。

「我想要上香。」

鍾家續愣愣地點了點頭。

「不是以我自己的身分……」曉潔說：「而是以鍾馗派正統繼承人的身分。」

這恐怕是曉潔有史以來第一次，承認並且接受這樣的身分。

鍾家續聽了先是一愣，然後緩緩地點了點頭。

為鍾齊德上香，這或許只是曉潔一點心意，不過她代表的身分，恐怕意義更加巨大。

這代表著在分裂了數百年之後，第一次有本家的繼承人，為鬼王派的人上香。

一旁的亞嵐去跟司儀交代了幾聲之後，曉潔到中間站定位。

司儀用麥克風宣布：「鍾馗派繼承人葉曉潔小姐，代表鍾馗派，為鍾公齊德上香。」

曉潔在禮儀公司的工作人員引導之下，接過了花圈，一步步照著司儀的指示，為鍾齊德上香。

如果可以的話，這上香，就代表兩派之間的恩恩怨怨，從今以後一筆勾銷，和平共存的第一步。

不過當然，連曉潔自己也知道這不過是自己的一意孤行。

看著曉潔上香，鍾家續抿著嘴。

或許……這多少可以安慰一點父親鍾齊德的在天之靈。

這麼想著的鍾家續，再也隱忍不住，痛哭失聲。

而在曉潔上香之後，也代表著告別式的結束。

喪禮順利結束，然而鍾齊德的死，卻仍然是一個謎。

雖然警方調閱了附近的監視器，但是目前案情還是陷入一片膠著。

2

雖然說鍾家續父親鍾齊德的喪禮已經結束了，不過對三人來說，真正的難題現在才正要開始。

考量到鍾家續現在的心情，可能不太適合再捲入這樣的風波，所以曉潔跟亞嵐也曾提議，他趁這個暑假好好休息，不要再管這些事情了。

不過，鍾家續卻仍然堅持要先想辦法處理眼前的這些問題。

「因為……」鍾家續說：「那個殺害我爸的兇手，很有可能也跟我們兩派之間的恩怨有關。」

這確實是目前唯一可能的方向。

雖然說，在證實了鍾家續清白的同時，也等於證實了阿吉的清白，不過在阿吉原本應該死了卻突然復活的情況之下，就連曉潔都沒有把握，本家到底還有沒有其他人。

不過有沒有其他人還是另外一回事，更讓人感覺到頭痛的地方，還是在鍾齊德身上的傷痕，幾乎完全複製了當年呂偉道長所造成的傷害。

因此如果真的要讓鍾家續來猜，除了呂偉道長跟那個宛如鬼神般強悍的阿吉之外，還真想不到有誰可以把自己的老爸傷害到那種程度。

偏偏這兩個嫌疑犯，一個已經往生，另外一個又跟自己同時取得了不在場證明。

在毫無嫌犯的情況之下，或許只要找出殺害自己父親的兇手，就可以解開這一切的謎團。

所以三人現在也只能循著這方向追查下去，說不定能意外得到一些線索也說不定。

因此，即便喪禮才剛結束，三人還是很快就集合起來，商討接下來的對策。

雖然說先前已經說好，要一起幫鍾家續收集一些符咒，至少可以抵抗一下阿吉的襲擊，不過實際上該怎麼做，也還沒有說好。

為了幫助兩人可以快點進入狀況，鍾家續也為兩人稍微解說了一下，鬼王派這邊的情況。

「符咒的種類，」鍾家續解釋：「一共有一百零八種，每一種靈體都有一張相對的符，使用到相對應的符，才能夠確實將那鬼魂收服，收為己用。」

這點基本的東西，倒是跟鍾馗派一樣，因此兩人點了點頭。

「不過，」鍾家續說：「光是靠符是不夠的，如果威力太過於強大的鬼魂，就需要先行削弱對方的力量，才有可能收入符中。」

關於這點，先前三人在台北地下街的時候，就已經體會到了，當時就是因為靈體力量太強，所以一時沒辦法收服，後來在三人聯手之下，削弱了靈體的強度，才順利收服了那個靈體。

當然，在了解了最基本的規則之後，第一個要解決的問題，就是要到哪裡找靈體。

過去，關於鬼魂的來源，雖然兩人都不相同，不過大致上來說，都是靠學長詹祐儒跟米古魯兔兩個人在網路上蒐集情報，看到可疑的對象之後，才將這情報告訴兩人。

不過這一次，因為關係到兩家之間的恩怨，加上現在又有多起命案牽扯於其中，所以雙方不約而同地不想讓兩人牽扯進來，以免危及他們的安全。

除此之外，還有一件事情是這次跟過去不一樣的地方，過去鍾家續收集那些符，主要還是為了印證自己的所學，強化自己的力量。

但是這一次，他們有個最基本的目標——阿吉。

「先不要說要對付阿吉啦，」鍾家續為了這個目標，定出了一個標準：「光是想要抵擋他這麼強大的對手，所需要的符，就已經不是一般的量就可以了。光是最基本用來防禦的縛靈，恐怕就需要破百張了。」

聽到這個數量，讓曉潔跟亞嵐瞪大了眼。

「就算真的有百張縛靈，」鍾家續腦海裡浮現的是那恐怖魔王的模樣：「以妳師父阿吉的實力，說不定吹口氣，縛靈就全部死光。」

「沒那麼誇張吧？」曉潔苦笑。

聽到曉潔這麼說，反而換成了鍾家續不以為然。

「妳到底知不知道自己師父有多強啊？」鍾家續說：「我不是誇飾，我是真的認為就算是有一百張縛靈，不管那些縛靈有多強，也不可能是阿吉的對手，甚至連擋都沒有辦法擋多久。」

「那如果強一點的靈體呢？」亞嵐問。

「嗯……」鍾家續沉吟了一會之後說：「如果就現實一點的層面來看，我不認為我們可以收服得了光是少數幾張，就可以對付阿吉的強大靈體。雖然我是不會說世上沒有任何靈體可以對付得了阿吉啦，不過就算真的有，恐怕也不是我們可以對付得了的。」

鍾家續說到這裡，停頓了一下之後補充說道：「至少他的實力，比起我們一起對付的那個地逆妖，還要強上好幾倍，這點是非常肯定的。他的強，不只有我們看得到的那個……變態的操偶技巧，他的功力比起他的操偶還要更為強大。」

聽到鍾家續這麼說，曉潔一臉疑惑，因為這很顯然跟她腦海裡阿吉的實力，完全不一樣。

「等等……」曉潔揮了揮手，然後低頭想了一下。

仔細回想起來，當初雖然自己被人縛靈糾纏時，阿吉也算是輕鬆解決，只是累得自己穿著兔女郎裝上下跑，不過……也不到，鍾家續說的那樣，可以在彈指之間將鬼魂灰飛煙滅的程度。不只有那次的經驗，過去他們對付過的許多鬼魂，有些雖然威力強大，不過不管是多強多弱的鬼魂，阿吉都不像鍾家續說的那樣厲害。

除了這些經驗之外，就連阿吉在教曉潔的時候，也曾經說過類似的話。

「你的說法，」曉潔對鍾家續說：「跟我印象中的阿吉真的完全不一樣，我記得阿吉曾經跟我說過，他最大的弱點應該算是功力吧，因為他不喜歡練功。如果要說的話，他的操偶技術應該是最大的強項才對，功力……應該沒有那麼強大才對。」

「啊？」鍾家續一臉訝異。

「而且，」曉潔接著說：「過去在鍾馗派設計我們班上同學的時候，我也跟著阿吉一起對付過不少靈體，但是不管哪一種靈體，我們都是驚險過關，不太像是你說的那樣厲害。」

「我不知道妳怎麼看妳師父的，」鍾家續側著頭說：「不過那天交手，我實際上感覺到的功力，並不像妳說的那樣……妳師父的功力，真的不是一般人可以比擬的。」

儘管鍾家續說得斬釘截鐵，不過曉潔還是覺得奇怪。

在曉潔的認知之中，阿吉雖然總是嘻皮笑臉，喜歡裝肖維，但是……

曉潔的腦海裡浮現出，當時在么洞八廟時，阿吉用手抓著自己的手，操作著刀疤鍾馗，說出那句話的表情與行為。

只要關係到鍾馗派的事情，阿吉都很正經、甚至到嚴肅的地步。

因為，他很清楚自己背負的，不是自己的人生，而是鍾馗派與呂偉道長的寄託。

就是這些包袱，讓他變得堅強，甚至不惜跟整個鍾馗派的道士為敵。

只是同樣背負這樣的重擔，卻為了自己的生存，無法站到陽光底下的鍾家續，更加讓人體會到他的痛苦與無奈了。

同樣的重擔，卻有著渾然不同的命運，也難怪鍾家續總是如此忿忿不平。

不過除此之外，更加讓人不解的還是在於阿吉到底有多強，畢竟這對現在的三人來說，恐怕是最大的假想敵，但是三人卻連阿吉的實力，都有著嚴重的分歧。

比起兩人來說，比較屬於旁觀者的亞嵐，因為跟阿吉的關係比較遙遠，相對的也可以比較客觀的下判斷，不容易被自己的感覺與情緒影響，但是就連她都聽得一頭霧水，感覺不太對勁。

「……等等。」亞嵐抿著嘴，將自己感覺不對勁的地方稍微整理一下。

亞嵐非常了解，對曉潔來說，阿吉是她的師父，自己所學的一切，都是傳承自他，可能本來就會產生自己的師父很厲害的錯覺……可是偏偏現在認為阿吉沒有那麼強的人，正是曉潔。

「所以阿吉的功力，」亞嵐提出自己的疑惑：「到底是強還是弱？」

現在的亞嵐，也已經算是半個鍾馗派的弟子了，當然對鍾馗派的了解，也有了一些基本的認識。不比茅山派等比較著名的門派，他們隨著自身的修行，可以產生所謂法力般的東西。鍾馗派沒那麼花俏，就只有靠著修行，逐漸累積的功力，而這些功力，還需要靠著鍾馗派的所有技巧或者是開壇，才能發揮出來。

就是因為這些限制，其實鍾馗派道士的實力，真的沒有透過對付鬼魂或者交手過，很難知道對方功力的高低。

也就是因為這個緣故，其實相對也算是鍾馗派的宿命，在鍾馗派漫長的歷史中，常常出現一些名過其實的大道士，靠著名聲招搖撞騙，一到真正得要施展功夫的時候，才被人徹底看破手腳。相對的，也有些人行事比較低調，常常被人看不起，等到動手之際，才真正知道對方的實力根本強大到自己沒有辦法應付的地步。

因此過去道上曾有過這樣一句拿來形容鍾馗派的順口溜，稱鍾馗派是「手執戲偶口唸訣、不跳鍾馗不識人」。本來是用來說鍾馗派這高深莫測的實力，不到跳鍾馗的時候，完全分辨不出強弱的現象，只是後來因為諧音的關係，也被人說成不跳鍾馗不「是」人，嘲諷鍾馗派太過於依賴跳鍾馗這門技藝。

不管怎樣，自古以來，鍾馗派道士的功力，一直都是最難釐清的一個謎。

只是曉潔與鍾家續，一個是他的弟子，另外一個則是跟他動手過的人，理論上應該最清楚阿吉的強度才對，不過兩人卻有著天南地北的看法。

前陣子曉潔傳授一些口訣給亞嵐的時候，提到某些靈體的時候，曉潔也會順便說些當初自己跟阿吉遇到那個靈體的狀況，故事中的阿吉，似乎也沒有鍾家續說的那樣強大。

兩人確實也是經歷一些風浪，才勉強收拾了一些看起來不怎麼強大的靈體。

「阿吉曾經說過，」曉潔說：「自己因為不喜歡練功，所以功力方面，遠遠不如呂偉道長，甚至連高梓蓉與阿畢，說不定都比他強。」

就是因為阿吉這麼說，加上過去的經驗，所以她才會一直認為阿吉的功力是他的弱項。

「至少這是阿吉自己說的，」曉潔回想起當時阿吉說的話，白著眼說：「一路以來，就是一直靠著自己天縱英才的操偶技巧，橫行江湖。」

如果是在月下決戰之前，鍾家續聽到這句話，肯定會跟著曉潔一起白著眼不以為然，不過在實際上跟阿吉交手過，對於阿吉自吹自擂的這段話，還真是沒有辦法辯駁。

「是的，」鍾家續沉著臉說：「阿吉的操偶技巧我們有目共睹，但是功力……絕對不是妳說的那樣，要讓我連手腳都沒辦法抬動，不管是我爸還是逆妖都沒辦法做到，阿吉卻……」

鍾家續低頭看著自己的雙手，即便過了這些時候，當時的情景還是歷歷在目，雙手彷彿還是能感受到阿吉給的壓力。

「而且這種功力是共通的，」鍾家續補充說：「操偶的功力可以如此強大，其他地方的功力肯定也不會弱才對。有這樣的功力，你們對付那些基本的靈體，應該不會有任何一點麻煩才對。」

聽到鍾家續這麼說，就連曉潔也不知道到底該說什麼才好。

「如果你們雙方的說法都沒有錯……」亞嵐沉吟了一會之後說：「那麼只有一個可能性。」

「什麼？」鍾家續與曉潔異口同聲。

「那就是現在這個阿吉，」亞嵐理所當然地說：「跟過去的阿吉確實不一樣，至少功力獲得了大幅的提升。」

兩人聽了低下了頭想了一會，都緩緩地點了點頭。

確實，就目前的情況看起來，除了亞嵐所說的這個可能性之外，兩人也想不到其他的可能。

問題就在於，是什麼讓阿吉在短短幾年之間，變得如此強大？

這種情況就好像武俠小說裡才會出現的情節，比方主角落入了什麼山洞之中，找到了什麼絕世武功的秘笈，然後修練之後變成天下無敵的武功高手一樣。

現實中遇到這種情況，還是有種不切實際的感覺，尤其是功力這種東西，當初就阿吉的說法，就好像積沙成塔一樣，要靠著平常練習的累積，沒有辦法速成。

然而聽在一旁的鍾家續耳中，即便還沒有辦法確定，阿吉是不是在這短短的幾年之內，功力獲得了很大的提升，但是光是這個想法，就讓鍾家續不禁聯想，如果自己也可以像阿吉一樣，在短時間之內獲得功力的提升……

只是鍾家續自己也不知道這樣的想法，對修行的道士來說，是件非常恐怖的事情。

畢竟當初鬼王派，就是因為這樣的想法與概念形成的。

想不到經過了數百年後，這樣的想法還是深植在所有弟子的心中，這恐怕也是鍾家續始料未及的地方。

不過不管怎麼說，也不管鍾家續怎麼想，那天的月下決戰，曉潔幾度都想要跟阿吉好好對話，但是阿吉不願意的情況之下，如果當時不管是自己還是曉潔，甚至是聯手可以稍微抵抗阿吉的話，就絕對有資格讓阿吉冷靜下來好好說。

至少這點是三個人的共識，也是三人現在想要改變的地方。

因此阿吉到底有多強，顯然就是一個關鍵。

雖然曉潔目前的感受，是願意相信阿吉的所作所為，有他的目的與原因。

但是……如果阿吉真的走偏了，變成了不分青紅皂白的人，曉潔也有覺悟想要阻止他。可是，光憑自己現在的力量，也只是憑著一股信念擋在阿吉的面前，距離實際上阻止阿吉，有一段不小的差距。

所以釐清這一點，拉近彼此之間實力的差距，或許確實有這個必要。

問題就在於，阿吉失蹤的這兩年，曉潔也不知道阿吉發生了什麼事情。

這時候被兩人這麼一說，曉潔才開始感覺到好奇。

在J女中決戰之際，自己就一直站在體育館的門口，那時候的阿吉，到底是如何從體育館消失的？消失之後，如果沒有死，又為什麼這兩年完全銷聲匿跡？

仔細一想，其實有很多地方自己都沒有辦法接受，不光只有成長的功力，就連這些都讓曉潔百思不得其解。

而在曉潔這麼想的同時，鍾家續也突然想到，前幾天聽過曉潔提過，關於J女中最後的決戰，當時因為已經遇到了阿吉也體會到阿吉的強悍，所以聽到他隻身幾乎就滅亡了全鍾馗派，鍾家續也不覺得特別驚訝。

雖然說，一開始的鍾家續很難相信有人可以真的這麼厲害，同時跟全鍾馗派為敵，而且還將對方全滅，但是在跟阿吉交手之後，就連鍾家續也不得不承認，阿吉可能真的有那個實力，可以同時與那麼多對手為敵。

然而現在曉潔又說當時的阿吉沒有那麼強，鍾家續自然感覺到疑惑與不解。

「如果阿吉沒有妳說的那麼強，」鍾家續提出自己的疑問：「那麼他是如何贏了那場決戰？」

聽到鍾家續這麼問，曉潔還沒回答，一旁的亞嵐也想起來了。

「對了，」亞嵐轉向曉潔：「那場決戰，也是妳最後一次見到阿吉吧？」

「嗯。」曉潔頓了一下點了點頭。

「嗯，」亞嵐沉吟一會之後說：「如果可以的話，就說說看那場決戰的情況吧，畢竟那是妳最後一次見到阿吉，說不定也有助於鍾家續釐清阿吉真正的實力。」

當然，鍾家續也對當時實際上的情況很好奇。

過去雖然曉潔曾經向亞嵐或鍾家續說過，關於J女中的事情，不過大概都是簡單的提過去，主要是大致上的發生原因與最後的結果，沒有說到當時決戰時候的諸多細節。

這是曉潔最後一次與當年的阿吉見面，所以這也是最能夠提供線索的一戰。

所以這一次，考慮了一會之後，曉潔點了點頭，準備將自己所知道的事情經過，完整地告訴兩人。

友對決。

當然，對鍾家續與亞嵐來說，可能無法體會阿吉跟阿畢之間的友誼，更不像曉潔一樣，曾經與阿畢有過一面之緣，所以可能沒有辦法感受到兩人對決的張力，不過身為對方最強力的一個道士，兩人的對決自然也不在話下。

聽到了阿畢血染鍾馗戲偶，墮入魔道的事情，也讓鍾家續忍不住冷笑。

不過當然故事真正的關鍵，還是在兩人之間的對決。

兩人的對決打從一開始就呈現出一面倒的情況，不過卻是倒向了阿畢那邊，不管是手腳之間的功夫對決，還是後來的戲偶對決，阿吉這邊都沒有辦法討到任何便宜，最終不只慘敗，還整個人渾身是血的倒在血泊之中。

原本勝負應該就到此為止，最後以阿吉慘敗收場，可是阿吉卻仍然站了起來，並且用了那招禁斷的招式，就此扭轉戰局，反敗為勝。

這就是當年所發生的J女中決戰。

從曉潔所描述的兩人對決過程聽起來，確實跟一開始曉潔所說的一樣，阿吉的功力是他的弱項，這不免讓鍾家續皺起眉頭。

因為不管怎麼聽，阿吉的法力也真的都在阿畢之下，不然阿吉根本不會如此跟對方勢均力敵，光靠操偶技巧就可以把對方吃得死死的，可見對方功力應該遠在阿吉之上。

然後局面來到了最後的一招，阿吉終於決定使用那一招，據呂偉道長所稱，可能只有阿吉一個人可以成功的招式——真祖召喚。

當然，招式的名稱對曉潔來說，還是沒有辦法光明正大地說出來，實在是非常難為情，因此只是講述了當時的情況，阿吉用自身之血為咒，召喚了真祖的元神上身，最後真祖真的被召喚下來，逆轉將所有的鍾馗派道士一網打盡。

雖然說這一段亞嵐過去多少有聽到一些情況，這次再聽到完整版，更讓亞嵐聽得如癡如醉，只差沒有跳起來拍手叫好，但是鍾家續的臉色卻是越聽越鐵青，不過他完全沒有打斷曉潔，靜靜地聽著，直到故事的最後。

故事結束之後，鍾家續皺緊眉頭，沉著一張臉，就連亞嵐想要搭話，他都伸手示意不要吵他。

鍾家續想了一會之後，抬起頭來，一臉凝重地看著兩人。

「如果我沒有記錯的話，」鍾家續說：「阿吉用的招式叫做『真祖召喚』……」

話還沒有說完，曉潔聽到這名稱大力地點著頭。

看到曉潔的反應，鍾家續苦著一張臉，搖著頭說：「這個……怎麼會……不可能啊。」

鍾家續臉上盡是難以置信的表情，沉默了好一陣子之後，才緩緩地開口。

「我聽過關於真祖召喚的事情，」鍾家續說：「這是一招不可能會有人成功的招式，不是單純因為金身的問題，而是……其他的因素。」

「對，」曉潔說：「呂偉道長說過，這是只有阿吉一個人才能夠用得出來的招式。」

聽到曉潔這麼說，鍾家續無奈地搖搖頭。

「不，」鍾家續無力地說：「並不是這樣的，我說的沒有人能成功，是因為這是一個夢幻的招式，而且是一個……邏輯上相違背的招式，所以一直都只是一個傳說，不可能會有人用得出來。」

鍾家續的話，讓曉潔跟亞嵐覺得不解，臉上不約而同露出疑惑的表情。

「因為，」鍾家續為兩人解釋：「這是一招只有我們這一派的人，才能夠透過魔悟理解、學會，但是卻只有鍾馗派的人，才有可能用得出來的招式……」

雖然不明白其中的緣由，不過聽到鍾家續的解釋，兩人也稍微理解了一點。

「聽我父親說，」鍾家續接著說：「這個招式堪稱我們兩派最後的絕招，簡單來說，就是可以把祖師爺的真元神召喚來人間，而召喚的訣竅與秘訣，都藏在口訣之中，只有經過魔悟的人，才可能從中得到這個秘密。」

兩人似懂非懂地點了點頭。

「而因為鍾馗祖師的元神，」鍾家續說：「分成兩個，所以這一個招式，也分成了兩個，一個稱為真祖召喚，另外一個是鬼王召喚。不過因為我們鬼王派，是信奉鬼王鍾馗祖師，所以我們能用的，就只有鬼王召喚。至於真祖召喚，即便我們知道方法，我們也沒辦法使用。只有鍾馗派，一直信奉鍾馗祖師的人，才有可能辦得到。偏偏他們沒有經過魔悟，所以不知道辦法……」

在鍾家續的解釋之下，兩人這下真的完全懂了。

換句話說，真祖召喚原本應該是一個只有鬼王派的人會，但是只有鍾馗派的人才能做得到的招式。

這就是鍾家續一開始所說的，邏輯上的不可能。

對於這點，曉潔已經充分了解，不過一旁的亞嵐，還有點疑問。

「會不會，」亞嵐問：「本家這邊有人偷偷魔悟，然後再回到本家來？這樣就可以知道方法，然後一路傳下來……」

亞嵐問題還沒有問完，兩人已經不約而同搖了搖頭，一起開口說出了一句，大同小異的話。

「一入魔道終無悔。」曉潔說。

「一入王道終無悔。」鍾家續說。

兩人這句話幾乎一模一樣，卻只有一個字不一樣，不過因為那個字的不一樣，讓兩人尷尬地互看一眼。

其實這稍微想一下，大概就可以了解，鬼王派的人本來就不可能稱自己為魔，因此這句話當然在這個關鍵的字有了不一樣的詮釋。

不過即便那個字有所不同，這句話的意思卻是一樣的。

「總而言之，」鍾家續尷尬地笑著說：「就是只要血染戲偶之後，就等於奉鬼王鍾馗為祖師，不可能回頭。」

「所以亞嵐妳所說的，」曉潔說：「有人先偷偷血染戲偶，魔悟之後，再回到本家這件事情，不可能發生。」

「更糟糕的是，」鍾家續補充說：「魔悟後，就連原本的口訣，都沒有辦法記起來，所以基本上就等於放棄了原本的口訣了。」

雖然鍾家續打出生就不曾學過本家的口訣，不過這件事情，聽過他父親鍾齊德說過很多次，因此很清楚實際上的狀況。

「可是阿吉卻辦到了……」亞嵐聳了聳肩說。

「他不但知道了辦法，」鍾家續點了點頭說：「而且還能夠做到……」

「所以，」亞嵐下結論：「說到底阿吉還是真的很強？平常只是扮豬吃老虎？」

「不，」鍾家續搖搖頭說：「使出這招的關鍵，恐怕已經不是功力上可不可能了，而是生理上不可能，就像我說的，這招之所以被我們稱為『最終』的招式，就是生理上的不可能。按理說，人不能成為神的金身。」

「對，」曉潔點了點頭說：「這點阿吉也說過，使用這招的代價，就是『輕則元神受損、精神錯亂；重則一命嗚呼、粉身碎骨』。」

說到這裡，曉潔停頓了一會之後，喃喃地說：「可是……阿吉看起來卻好像沒事。」當然，曉潔不知道的是，阿吉確實付出了自己需要付出的代價，只是現在曉潔卻什麼也不知道而已。

比起曉潔跟鍾家續來說，亞嵐終究比較冷靜，也比較容易釐清出問題的癥結。

「J女中的決戰，」亞嵐為兩人做個總結：「是曉潔最後一次見到阿吉，而從實際上當時決戰的情況來看，加上你們也說那招真祖召喚，看的不是功力，那麼我們至少可以確定一件事情，就是在J女中決戰的時候，阿吉並不像月下決戰的時候那麼強大。換句話說，阿吉的功力提升，是在這兩年的時候發生的事情……」

聽到亞嵐的總結，鍾家續與曉潔點了點頭表示贊同，不過做出總結的亞嵐自己，說著說著不禁低下了頭，腦海裡浮現出一些畫面。

因為類似的話，似乎先前曾經講過……

亞嵐有了這樣的想法，因此才會突然低下頭沉思了起來。

或許是因為昨天才剛到過第一殯儀館，讓亞嵐回想起過去在那間殯儀館發生的事情，畢竟兩人在不久前才去過那個地方，而且在那邊還經歷了一場浩劫般的災難。

因此昨天在舉辦喪禮之際，亞嵐也確實想到了，當時與曉潔在那裡對付冰屍的景象。

然後說到這裡，亞嵐突然聯想到了，過去兩人在回首這場災難的時候，曾經聊過的話，如果把這兩件事情聯想在一起的話……

「嘟嘟，」曉潔注意到了亞嵐的異狀，問道：「妳沒事吧？」

被曉潔這麼一問，亞嵐才稍稍回過神來。

「曉潔妳曾經說過，」亞嵐問曉潔：「鍾馗寶劍以前好像沒有那麼大的威力，妳記得嗎？」

「嗯，」曉潔點點頭說：「記得。」

兩人先前會有這樣的話題，就是因為在殯儀館冰屍事件的時候，曉潔一劍就撂倒了那個連呂偉道長都沒有辦法解決的冰屍，後來兩人聊到這個話題的時候，曉潔才提出這樣的想法。

因為在曉潔的印象之中，先前看到阿吉等人使用鍾馗寶劍的時候，雖然威力驚人，但是沒有到這麼誇張的地步。

另外就是當年的呂偉道長，手上也有鍾馗寶劍，但是卻沒有辦法對付冰屍，怎麼過了這麼多年後，由功力遠遠不如呂偉道長的曉潔揮舞之下，反而能夠順利解決。

綜合這幾點之後，曉潔說出這樣的推論。

而現在亞嵐所說的，正是他們那天所談的內容。

「後來我們聊到這個，」亞嵐說：「妳不是說過，鍾馗四寶之所以珍貴，就是因為鍾馗祖師曾經用過，妳記得我當時怎麼說的嗎？」

「嗯，」曉潔點點頭說：「妳說在J女中的時候，鍾馗祖師上身的阿吉，用過了鍾馗寶劍，所以才重新讓鍾馗寶劍，充滿祖師爺的能量。這就是妳當時的推論。」

「嗯，」亞嵐點點頭說：「如果我的推論是對的，如果鍾馗寶劍，都可以因為鍾馗祖師上阿吉的身，讓寶劍重新充滿驅魔的能量，那麼……阿吉呢？祖師爺上身之後的阿吉，我們先不要說，對阿吉的身體造成什麼樣的損害，光是就這個情況來論，祖師爺的功力，會不會多少殘留在阿吉身上？」

被亞嵐這麼一問，兩人頓時都睜大了雙眼。

果然亞嵐在這種方面，還是有她的天賦，看事情的角度確實跟兩人完全不一樣。

「這就是……」曉潔喃喃地說：「阿吉功力大增的原因嗎？」

「……很有可能。」就連鍾家續，都很贊同亞嵐的推論。

其他的先不要說，不要說鍾馗派了，就連民間也有很多的乩童，因為常常會請神上身，就算那些神明不是真元神，也有一定的成效，導致這些乩童就算平常的時候，靈力也比其他一般普通老百姓還要強上許多，甚至許多經驗豐富的乩童，因為長時間請神明上身的關係，就算在沒有請神明上身的情況之下，有些也累積了些許功力，可以解決一些簡單的問題。

如果情況回到鍾馗與鬼王派身上，大家都知道鍾馗戲偶越跳靈力也會越高，這些都是因為請神上身之後，多少都會殘留一些能量在戲偶身上的關係。

所以說如果阿吉真的因為這樣，而有鍾馗祖師的功力殘留在他的身上，也沒有什麼好奇怪的。

「這樣看來，」曉潔點了點頭說：「功力的問題似乎就合理了。」

「嗯，」鍾家續沉著臉說：「因為真祖召喚的關係，所以導致功力大增……」

接下來的話，鍾家續沒有說完，不過不管是誰，都看得出他臉上不甘心的神情。

原本應該一用就會死的招式，想不到阿吉一用之後，非但沒有死，還看起來沒有任何後遺症，只有功力平白無故地獲得了驚人的提升。

然而，阿吉真的沒有後遺症嗎？用了那招之後，真的沒有問題嗎？

亞嵐的心中浮現了這樣的疑惑。

仔細想想，似乎那天阿吉的行為，或者是他所說的話，有點奇怪的地方。

雖然說，曉潔口中的阿吉，確實就是這樣，老是來去像陣風，做些莫名其妙的事情，但是說到底，都還是有他的原因跟目的。

就好像亞嵐的哥哥常說的那樣，事出必有因。

月下決戰的那晚，阿吉出現的原因，是為了殺掉鍾家續。

雖然不知道阿吉這麼做的原因，不過這點亞嵐倒是還可以理解。

那麼離開呢？為什麼還沒有解決就離開了？

當然，就三人目前的理解，就是因為曉潔出手的關係，師徒決裂的情況之下，讓阿吉不想要繼續這場鬧劇，畢竟只要曉潔在，阿吉可能就沒有辦法達成目的。

這也是為什麼，一直到現在為止，兩人還仍然跟鍾家續在一起行動的原因之一。

說穿了，其中一個目的就是為了保護鍾家續，防止阿吉再度來襲。

不過真的有必要，如此急著離去嗎？

回想當時的景象，阿吉並不像是因為心碎或者是不得不才離去，而是有種匆忙、慌張逃離的感覺。

或許，阿吉當時會急著離開，就是因為這個……代價。

這就是亞嵐腦海裡的想法。

不過一直到現在，亞嵐還是沒辦法真正推論出個結果，想不出到底是什麼樣的代價，讓阿吉必須急著離開。

不過亞嵐還是可以感覺到，如果可以釐清這一點，或許……可以為三人開創出一個全新的局面。

搞清楚這一點的話，說不定就連阿吉也不是那麼恐怖。

4

既然已經釐清了阿吉的功力問題，那麼接下來就到了實際面上，需要準備的階段了。不管成因為何，不過至少可以確定的是，現在的阿吉，功力真的與往日不可同日而語。因此如果真的想要與之抗衡，確實需要好好準備一下。

「就像我說的，」鍾家續下了這樣的結論：「阿吉的實力遠在我們先前對付過的地逆妖之上，如果想要多少反抗一下，可能需要的符，不只有需要量，還需要更高的質。」

「質？」

「嗯，」鍾家續說：「過去我所收到的符中，最強的就是我們一起在台北地下街收到的那個惑，其他的符，也都全部用光了，所以我們現在，不只有要想辦法找到鬼魂聚集的場所，收到大量的鬼魂之外，還需要找到實力更為強大的鬼魂，如果能夠收到更為強大的鬼魂，相信多少可以增加他操偶時候的困難度，相信到時候我就不至於被他完全壓制到連動都沒辦法動……」

接下來鍾家續開始細說，該如何用那些符來對應阿吉的那些招式，卻讓曉潔跟亞嵐聽得一頭霧水，似乎很難跟得上。

看到兩人越聽越茫然的臉色，鍾家續知道，這樣也不是辦法，畢竟兩人終究對於鬼王派的認知，只有一點膚淺的概念而已，如果雙方需要合作，看樣子自己需要好好為兩人解釋一下，所謂的鬼王派，到底是什麼樣的門派。

「我看在我們繼續說下去之前，」鍾家續無奈地說：「我還是先跟妳們解釋一下，鬼王派關於抓鬼的基礎知識吧。」

由於曉潔與亞嵐，對於鬼王派的了解，只有門派的起源與他們的名聲，除此之外幾乎一無所知，因此在路途上，只要有點空檔，鍾家續便會多少向兩人解釋一下，鬼王派的收鬼方法。

畢竟到時候上了山，三人終究還是需要合作，因此讓兩人多少了解一點自己的步驟與手法，比較有助於接下來的行動。

在鍾家續的解說之下，亞嵐也對鬼王派，有了更多的了解。

確實就跟曉潔先前所說的一樣，在鍾家續這個本身就是鬼王派的人來說，所謂的收鬼，就是他們這一派的精髓。

當然，對亞嵐來說，對這方面其實一點也不陌生，因為從小就喜歡這類型題材的亞嵐，也看過日本有名的陰陽師小說、電影。

而就起源來說，鬼王派與陰陽師裡所說的操控式鬼等東西，有著相同的起源。

當然，其中有許多是小說家的加油添醋，加上兩邊各自發展的結果，所以多少有些不同的地方，不過從某個角度來說，或許就是因為成為了陰陽師的文化，才讓這些東西，可以流傳下來。

如果是鬼王派的話，在鍾馗派的陰影之下，根本就沒有機會大放異彩，更遑論成為小說家筆下的題材，光是生存都有很嚴重的問題了，根本不可能有這樣的悠哉，可以成為一種文化。

所以與日本的陰陽師相比之下，鬼王派的存在與技巧，都成為了神秘不為人知的秘密，即便曾經一度浮上了歷史的檯面，不過了解或知情的人都相當有限。

不像本家鍾馗派，有個跳鍾馗這樣的技藝，而且不限本門學習，可以廣泛地打響自己的知名度。

不過這絕對不代表鬼王派的一切，都很隨便。

事實上經過了這些年的傳承，鬼王派的基礎訓練，一點也不亞於鍾馗派。

雖然沒有了口訣，但是他們有許多魔悟之後，得到的精華與經驗，這些都像是另外一種訣竅與口訣一樣，傳承了下來。

但是讓曉潔跟亞嵐訝異的地方，還是在於即便已經脫離了本家，但是鬼王派終究還是存有鍾馗派的影子。

其中最具有代表性的地方就是，鬼王派所流傳下來的一切技巧，也是沒有任何著作，仍然維持著跟鍾馗派一樣，為口耳相傳的模式。

或許，這也算是對同一個祖師爺，也就是鍾馗祖師，最不改初衷的敬意吧？

在鍾家續的解說之下，兩人才逐漸了解到，雖然有著同樣一百零八種靈體，不過鬼王派這邊保留下來的東西，多半很口語化，而且其中充滿了許多訣竅與整理，少了口訣那些生澀難懂的文字，反而多了幾分實戰時很受用的經驗。

這其實都是源自於十二門時代的貢獻，畢竟那時候真正代表鍾馗派在江湖上遊走的，都是這些十二門的道士，以及他們所鑽研出的技巧。

這個被鍾馗派本家視為黑歷史的一段光陰，卻被鬼王派的人奉為最光明的時刻。因此關於十二門時，研發出來的技巧，最後都是由鬼王派這邊繼承，鍾馗派本家非但沒有保留下來，甚至連曉潔都不太清楚這個時代的一切。

光是聽鍾家續解說，就讓亞嵐覺得有種奇妙的感覺。

從某個角度來說，鍾馗派就好像學校的八股教育一樣，照本宣科。

而鬼王派，就好像是外面的補習班，編制出來的講義跟老師上課的內容，都比較生動有趣。

這或許是台灣的所有學生，都能夠體會到的地方。

明明上的課程都是相同的內容，不過上起課來的感覺，卻有著天壤之別。

就好比跳鍾馗的時候腳踏的七星步，鍾家續在提到這個地方的時候，順口說了「探步」這個詞，兩人都是一臉不解，鍾家續還需要特別跟兩人解釋。

「第四步是七星步關鍵的一步，」鍾家續說：「因此前三步就稱為探步，試探對手的功力，前三步大概就可以知道，自己到底有沒有機會，有沒有勝算。如果有勝算，就繼續下去，如果沒有勝算，就可以在這個時候，選擇撤退。因此踏第四步之前，都需要小心評估，前三步要退還有機會，一旦到了第四步，就是所謂的生死之步，踏出去，打不贏就是死路一條。」

這些都是曉潔不曾聽過的，當然跳鍾馗的七星步，一旦踏出去，就等於跳鍾馗的開始，所以對曉潔所學的東西來說，所謂的評估都是在跳鍾馗之前，沒聽過還可以試探的探步。

這就是鬼王派傳承自十二門時代，經驗累積的結果。

當然說要退，也不是那麼簡單就可以退得成，不過實際上，不管前三步任何一步想要全身而退，對鬼王派的弟子來說，都不是什麼太大的難題。

或許這就是實戰與理論之間的差距吧？

當然，關於補習班跟學校老師的差別，就好像鬼王派與鍾馗派之間的差別，從這個觀點來說，確實就像亞嵐所說的那樣。

這也再次印證了，從某個角度來說，亞嵐看事情的方法，確實跟其他人不太一樣，除了一針見血之外，又常常能找到關鍵。

不過鬼王派跟本家之間最大的分水嶺，還是在收鬼為符，就像日本的陰陽師那樣。

然而就好像拉麵一樣，明明都是中國開始的，卻是由日本發揚光大，鬼王派的情況也是如此。

對此亞嵐也表達了自己的看法。

「難怪當初我看陰陽師的時候，」亞嵐恍然大悟：「就一直覺得怎麼中國色彩那麼重，跟我們的道士有許多雷同的地方，原來是真的。所以日本的陰陽師，確實就是跟鬼王派同一個起源？都是源自於鍾馗派？」

「嗯，」鍾家續點了點頭說：「至少收鬼這個部分，確實是從那位第二代傳人傳承下來的。」

然而鍾家續口中的這位第二代，對本家來說，是第一個叛徒，但是對鬼王派來說，卻是先知般的先鋒。

一切都是由他開始，開創了多年後的鬼王派概念，更是由他開始，為鬼王派打開了全新的一扇門。

這就像是各國歷史一樣，有著同段歷史，各自解讀的現象。

而在鍾家續的解說之下，兩人這下也開始有了基本的抓鬼認知。

基本上每個靈體，都有自己對應的符，因此對鬼王派來說，辨別鬼魂的種類，也同樣是個非常重要的課題。

除了收服所需要用的符有所不同之外，收服之後，每張符也都有它的使用方法，有些擅長於攻擊、有些擅長於防守，所以即便收了符，也不是說想怎麼使用就怎麼使用。

這也就是為什麼，鍾家續如果真的要跟阿吉對抗，除了需要大量的符之外，其中還必須包含強大的靈體，才有機會抵抗強大宛如魔王般的阿吉。

「照你這麼說的話，」亞嵐沉吟了一會說：「我們需要找到一個鬧鬼鬧很兇的地方，裡面不但要有大量的鬼魂，還需要有強大的鬼魂。」

「不過，」鍾家續沉著臉說：「這裡還有一個很重要的問題。」

鍾家續才剛這麼說，亞嵐就點了點頭表示認同。

「就算我們真的找到了強大的鬼魂，」亞嵐說：「還要看我們能不能夠對付得了？」

「嗯，」鍾家續無奈地嘆了口氣說：「這就是最重要的問題了。」

聽到兩人的結論，不免讓曉潔皺起了眉頭。

就連曉潔也不知道，到底真正的困難是阿吉，還是為了對付阿吉，所必須抓到的鬼魂才是真正的難題。

不過，現在三人似乎也沒有其他的選擇，如果不想要束手就擒，那麼就需要武裝自己，才能面對這些即將襲來的挑戰。

因此，就算真的困難，三人現在也只能硬著頭皮，走一步算一步了。

第3章・劍潭傳奇

1

阿吉與曉潔，這一對曾經一起度過多次危機的師徒，目前不管是立場還是目標，都完全不一樣。然而，雙方卻有一個狀況是一致的，就是對目前的狀況，有著許多疑問與不解。

比起鍾家續與曉潔他們來說，或許擺在阿吉眼前的謎題更多、更難解，因為對於目前的狀況，阿吉確實感覺到困惑。

跟曉潔不同的是，阿吉是從小就拜入了呂偉道長的門下，當鍾馗派弟子的時間，又幾乎佔去了人生的大半。

因此阿吉對鍾馗派的了解，跟曉潔有著天壤之別，此外阿吉記憶力跟曉潔一樣好，所以幾乎所有呂偉道長說過的事情，他都記得一清二楚。

在呂偉道長細心的教導之下，阿吉確實知道了大部分鍾馗派至今的發展，對於很多演變至今的狀況，也了解背後形成這些狀況的來龍去脈。

曾經，阿吉也認為只要是跟鍾馗派有關的事情，自己應該都很清楚。

但是如今卻彷彿陷入五里迷霧之中，找不到半點方向可以脫出迷霧。

阿吉感覺好像自己的世界，也在自己陷入這種狀況的幾年間，變得有點崩毀了。

突然出現的鬼王派，以及告訴自己鬼王派已經不存在的師父，都讓阿吉感覺到不解。

而阿吉重新反思之後才發現，為什麼過去遙遠的歷史，他可以知道整個來龍去脈，每件事情都好像知道得很清楚，但是近在眼前的前幾代，自己卻有那麼多沒有辦法補足的地方。

從無偶道長到呂偉道長的自我放逐之旅，都跟阿吉所認知的不太一樣。

這種感覺就好像熟悉的父親，突然出現了很多自己不知道的事情一樣。

是的，回過頭想，這情況真的就好像看自己的父親那一輩的狀況一樣。

對每個子女來說，或許可以了解的是爸爸的個性，也或許知道的是他的工作，但是在這之中又有多少東西是真實的？這些又佔父親的人生有多少部分呢？

畢竟不管是哪一個父親，人生都不是從做父親之後才開始的，在還沒有出生之前、在就學的階段、在他人生許許多多的階段，做子女的都沒有參與。

這些東西父親不說，我們就不會知道，現在的阿吉大概就是這樣的感覺。

因此在探望完伯公之後，回到無偶廟的阿吉，知道或許是時候該好好整理一下這些狀況了。

其實這並不是阿吉第一次試圖整理眼前的狀況，打從知道小悅跟鄧廟公被人殺害之後，阿吉就想過類似的問題。

在看到小悅跟鄧廟公的情況之下，其實對阿吉來說，已經沒有別的懸念。下手的人絕對是鬼王派的人，當然這也是基於自己的推斷跟思考之後，得到的結果。

如果當年沒有發生J女中的決戰，那麼阿吉首先懷疑的，肯定是鍾馗派裡面，有人墮入魔道。

偏偏大部分的鍾馗派道士，都已經在那場決戰中喪命，至於少部分不願意同流合汙的人，也都被光道長他們殺害了。換個角度來說，如果那些人願意墮入魔道，當時也沒有必要跟光道長等人作對。

所以即便機率很小，即便已經這麼多年，沒有聽說過鬼王派的蹤跡，阿吉還是把矛頭指向了鬼王派。

被後人視為兩派最後一個分水嶺的戰役，正是那場清朝大戰，由於戰況太過於激烈，導致即便取得了最後的勝利，但是鍾馗派這邊死傷也很慘重。

戰勝之後的鍾馗派，也不免有些在該戰役中喪失親友的道士，為了為親友報仇而到處追查鬼王派的下落。這樣的情況後來隨著社會局勢的變化，才有逐漸趨緩的情況。

清朝末年由於政局動盪，本家的人在自顧不暇的情況之下，自然也漸漸喪失了對鬼王派的追查。等到眾人紛紛來到台灣之際，根本已經沒有多少人在乎鬼王派的狀況。

後來呂偉道長找回了鍾馗四寶，並且創建了么洞八廟之後，為了重新組織鍾馗派，廣發請帖，相隔多年之後，再度召開道士大會。

那場相隔將近百年的道士大會，一連開了十天，這十天為了各項重要的議題，各派代表紛紛提出許多這些日子以來，缺乏統合與組織所遇到的各種問題。

那場道士大會意義十分重大，日後不管是鍾馗派的組織與管理，各派之間的聯繫與合作，都是在那場大會中訂立下來的，因此也被後來的鍾馗派稱為中興大會。

而在這十天的會期之中，有一個不起眼，但是卻多少有點讓在場人士不安的訊息。那就是，有跡象顯示，鬼王派的傳人也跟鍾馗派的大家一樣，渡海來台。

當然，對於這個情報，很多人持保留的態度。

因為對鬼王派的人來說，台灣可能是鬼王派的人最不想要踏足的地方，畢竟這裡就是鍾九首的發跡之地。

然而雖然說，情報很不可靠，加上訊息也很零碎，不過基於一些考量，當下還是交給了西派去追查。

而這些都是阿吉成為呂偉道長徒弟之前的事情，原本阿吉也不太清楚，不過因為交給西派追查之後，又過了好幾年，西派才在道士大會提出調查報告。

當時的阿吉已經是呂偉道長的徒弟，雖然年紀還很小，不過卻依然記得這件事情。

就西派的報告顯示，查無資料。

不過，如果是西派調查的話，那麼這個結果很難讓人信服。

畢竟西派一路走來的風評，就不是很好。

不管哪一任掌門，都給人投機分子的印象，做事情也不可靠，老是惹出許多麻煩，師父們都如此了，底下的弟子當然更不可靠。

因此對於他們的這份調查報告，沒有多少人相信。

然而，關於鬼王派的事情就到此為止了。

畢竟鬼王派已經消失多年，對於鍾馗派當時的所有派系來說，如何生存下去，讓這個老祖宗的門派大放異彩，才是最主要的課題。

因此對於這個報告的結果，雖然人人都抱持著懷疑的態度，但是到頭來也沒有人提出質疑，事情就這樣不了了之。

然而在確定了鬼王派不但還有人繼承下來，而且還殘忍地殺害了許多人後，這個情報看起來就很重要了。

印象中當時的情報是，鬼王派的人來到台灣之後，就曾經定居在雲林附近。

因此，這也成為了當時阿吉第一個可以掌握得到的情報。

為了得到當時更多的資料，阿吉跟玟珊的第一站，就是前往西派的大本營，因為當時彙整出來的資料，就是交由西派負責調查的。

西派為了生存，深知廟宇經營不易，因此跟其他派別不一樣的地方是，他們的大本營並不是以鍾馗派為中心的廟宇，而是結合了當地的信仰，以董事會的形式，經營著廟宇。

從某個角度來說，香火的鼎盛程度，說不定是鍾馗派所有廟宇中最旺的。

在J女中決戰後，大部分的西派道士都身故的情況之下，受到影響最小的也是西派的大本營。

他們照常營運，沒有太大的問題。當然對於這些鍾馗派道士的失蹤，也都交給警方去處理，他們不打算過問太多。

所以阿吉稍微假冒一下，很容易就混入廟中，找到了當時的資料。

帶著資料，阿吉與玟珊前往雲林，希望可以從這些資料當中，找到些線索，以便讓他們能找到鬼王派的後人。

而在這一路追兇的過程之中，阿吉也想過類似的問題。

讓阿吉最不解的地方，就是鬼王派為什麼會在這個時間點，開始襲擊鍾馗派？

會有這樣的疑問，最主要的原因就是因為根本沒有這個必要。

在鍾馗派已經瀕臨滅亡的此刻，其實鬼王派真的沒有必要襲擊任何人。

更何況，他們所襲擊的人，都是跟鍾馗派已經沒有多少關係的人，實在很難讓人理解，這麼做的用意何在。

雖然說雙方在過去有如此多恩怨，不過經過這麼多年的沉澱，實在很難想像有人會為了那些遙遠的舊恨，不惜犯法殺人。

畢竟，這麼做就不是兩派之間的事情了，政府單位也絕對會介入。

所以這就是阿吉覺得最不合理的地方了，在鍾馗派已經幾近滅亡的此刻，既然鬼王派還有傳人，功力顯然也不低，那麼現在不正是他們重振最好的時機，甚至浮出水面，正式取代鍾馗派，也不是不可能的事情。

這麼做，實在讓人費解。

因此，也只有一個可能了。

既然不是為了舊恨，那麼肯定就是新仇了。

問題就在於，他們失蹤這麼多年，又有誰對他們做了什麼呢？

阿吉就這樣抱著這些疑問，到了雲林，希望可以找到一些蛛絲馬跡，經過幾個月的追查，終於找到了一些可能的線索。

而一路追著線索的兩人，也終於一路找到了新北市，以及現在的鍾家。

看到了鍾齊德的傷痕，阿吉才意識到，或許真的是為了新仇。

因為鍾齊德臉上的傷痕，確實很有可能就是呂偉道長造成的。

不過這就讓阿吉非常不解了，為什麼師父明明有跟鬼王派的人交手，卻沒有告訴過自己？

如今，伯公都已經躺在醫院了，但是問題仍然沒有得到半點解答，反而更多的是，一個又一個的疑問。

雖然很想理出一點頭緒，不過身體的狀況，並不會因為這樣而有所改善，因此想沒多久，阿吉的頭一點，意識又沉入到了一片黑暗之中。

2

第二天早上，無偶道長的廟宇中，玟珊的內心感覺到五味雜陳。

玟珊坐在通往後院的台階上，看著這棵瘦小的榕樹。

此刻是中午時分，剛吃飽飯的玟珊，坐在這裡稍微休息一下，打算等肚子消化一點中餐之後，在後院多少練習一下，這幾天阿吉教她的東西。

坐在這裡休息的玟珊，想起剛剛阿吉進房間睡覺的背影，可能是這幾天連續晚上都有清醒的緣故，導致阿吉白天總是會在吃完中餐之後，回到自己的房間睡覺。

相比之下，這些日子以來，阿吉白天的狀況比起過去來說，要好很多。

生活更加能夠自理，雖然無法回應，看起來還是跟過去一樣無神，不過整體來說，幾乎沒有什麼會造成他人困擾的地方了。

如果是現在的阿吉，就算是那個挑剔的阿爸，也絕對可以接受了吧？

一想到往生的鄧秉天，讓玟珊的心頭又是一酸，不過情況確實如玟珊所想的一樣，阿吉現在的狀況似乎越來越好了。

如果這樣下去，阿吉到底會不會有康復的一天呢？

雖然說詳細的情況，玟珊也不清楚，只知道似乎是用了某個不應該使用的招式，才讓阿吉變成這樣。

所以到底有沒有康復的一天，就連玟珊也不敢說，不管怎麼說，也不管阿吉能不能康復，玟珊也早已經習慣了。

不過即便現在的阿吉，比一開始兩人見面的時候，還要更能自主了，情況也好很多，可是絕對還不到可以保護自己，抵禦外侮的能力。

如果那些人是在白天來訪的，恐怕今天躺在醫院的，不只有伯公一個人而已了，不，甚至恐怕連躺在醫院的機會都沒有了。

如果這時候，又有像那兩個歹徒的人闖進來，那該怎麼辦？

想到這裡，玟珊背脊一寒，猛然跳起來，衝到前面去。

原本想著可能會有人隨時回來拿東西，所以她還是將大門開著，畢竟這是間廟宇，老關著門也很奇怪，不過現在玟珊可不想管那麼多，衝到前面將廟宇的大門關上，並且上了鎖。

即便如此，還是讓玟珊不安心，想起阿吉的狀況，玟珊心想這真的不是辦法，萬一人家要殺進來，總是有辦法的。

最理想的情況，應該還是自己來……由自己守護阿吉。

想到這裡，玟珊回到後院，深呼吸一口氣，然後緩緩地舉起手來。

這就是——魁星七式的起手式。

相隔多年之後，又有了一個新的鍾馗派弟子，在這棵瘦小的榕樹之下，練習魁星七式了。

這棵榕樹，就好像是鍾馗派的見證者般，見證了鍾馗派的一代又一代，經歷了黑暗、繁榮與衰敗。

如今，卻很可能步入終焉。

而這個很可能代表末代弟子的女人，完全不知道自己即將面對的命運，認真踏實地練著，阿吉手把手教她的招式，彷彿這一拳一腳都可以粉碎一切的黑暗一樣，揮汗奮力一擊。

3

晚上阿吉清醒過來，趁著這個空檔，他稍微指導了一下玟珊。

就好像玟珊今早練功之前想到的狀況一樣，阿吉自己比任何人都清楚現在自身的狀況。

考量到現在曉潔跟鬼王派的人走得很近，看樣子理性溝通這條路很難實現，因為自己現在最大的弱點，就是不能沒有月光。

當然，嚴格來說並不是單單只有月光，不過簡單來說大概就是這樣。

在晚上以外的時間，陷入失神的狀況，就是自己最大的弱點。

不管清醒的時候，自己的功力有多強，一旦在那種狀態之下，就算自己渾身功力，有著天下無雙的武功，也沒有半點抵抗力。

因此這件事情，絕對不能讓對方，也就是鬼王派的人知道。

這就是阿吉不讓玟珊或者是陳憶玨，跟何嬤、曉潔等人接觸的主要原因，也是現在阿吉不能跟曉潔解釋清楚的原因。

阿吉也非常清楚，在現在這種敵暗我明的情況之下，每一步棋可能都是險棋，不管自己做出的任何決定，可能改變的不只是自己自身的未來，更有可能改變整個鍾馗派，今後的發展與命運。

所以現在當務之急，就是先查清楚，襲擊這裡的這些人到底是什麼來頭，跟鍾家續之間的關係又是怎麼回事。

這時玟珊的手機響起，打電話來的是陳憶玨，玟珊將電話交給了阿吉。

「我打給你跟你說一下么洞八廟那邊的事情……」陳憶玨說。

前幾天兩人通過電話的時候，阿吉拜託了陳憶玨一件事情，就是希望她可以代替自己出面，讓何嬤他們可以暫時先離開么洞八廟。

畢竟今日不同往日，不需要住在廟裡，在鍾馗派的所有人都幾乎往生的今日，已經沒有多少人會來參拜這座么洞八廟。

所以廟裡面的工作，真的只剩下形式居多，平常廟裡面的事務，也已經降到最低，甚至請員警假扮廟裡人員就可以了。

所以在這個非常時期，阿吉還是希望基於眾人安全的考量，可以讓陳憶玨出面代替自己，看能不能勸說何嬤等人，暫時移到別的地方住。

「在發現對方可能是針對鍾馗派了之後，」陳憶玨說：「我已經加派人手，日以繼夜地守在么洞八廟附近，如果對方真的襲擊么洞八廟，那麼就等於自投羅網。」

「嗯，」阿吉說：「不過為了他們的安危，還是希望何嬤他們可以離開，我真的不希望他們捲入這次的風波之中，所以還是麻煩妳跑一趟，去跟何嬤說一下。」

電話那一頭的陳憶玨沉默了一會。

「我去過了。」陳憶玨說。

「喔？」阿吉說：「那結果呢？」

「我沒有提到你，」陳憶玨說：「但是何嬤劈頭就問我，你人在哪裡，還有是不是你叫我來說的，我說沒有，不過你也知道……她是何嬤。」

阿吉聽到陳憶玨這麼說，也只能無奈地搖搖頭。

確實，何嬤比起任何人，都還要了解陳憶玨跟阿吉，畢竟何嬤從小就看著兩人長大，幾乎都跟兩人的媽媽一樣了，因此絕對可以看得出來陳憶玨在說謊。

「所以何嬤說，」陳憶玨深呼吸一口氣說：「既然你還活著，都可以不管她了，都不用跟她報平安了，那麼……也不要管他們的事情了。」

「嗯，」阿吉搔了搔頭：「看樣子何嬤生氣了。」

「嗯，」電話那頭的陳憶玨說：「看樣子真的是這樣。」

當然何嬤這樣的情緒，阿吉也不是不能理解，知道自己還活著，卻讓他們傷心、難過，會生氣與不滿，也是理所當然的事情。

不過自己也是有苦衷的，如果自己不是變成了這樣，又怎麼可能丟著師父交付給自己的廟宇不管，一個人悠哉在台南過日子呢？

只是阿吉當然也知道，現在自己的委屈絕對不是重點，問題還是那些傢伙……

始終沒有辦法搞清楚他們的目標與目的，確實讓人很煩惱。

當然，如果在何嬤知情的情況之下，或許阿吉確實可以回去么洞八廟一趟。

可是就目前的狀況來說，一旦回去了么洞八廟，就需要跟何嬤解釋清楚，不只有自己這幾年的行蹤，恐怕就連自己為什麼不跟眾人聯絡的事情，也需要交代得清清楚楚。

而想要交代清楚，勢必就得告訴何嬤自己現在的身體狀況，畢竟這正是阿吉這些年來不跟么洞八廟聯絡的最主要原因。

問題就在於，在這個敵我不明的情況之下，阿吉實在沒有辦法好好將自己的狀況告訴何嬤。先不要說何嬤的口風緊不緊，光是這樣的狀況，可能就會讓何嬤擔心，甚至希望阿吉不要離開么洞八廟等等。

從目前的局勢看來，這樣綁手綁腳，加上自己已經先傷害了對方的手下，所以很可能已經被對方鎖定，如果可以的話，阿吉還是希望他們可以遠離這個暴風的中心。

不過既然何嬤不願意離開，相信就算是陳憶玨也沒有辦法逼她。

所以現在阿吉一方面希望那些人不會真的找上么洞八廟，另一方面也希望陳憶玨安排的那些警力，可以保護他們的安危了。

掛上電話之後，阿吉感覺到煩悶，因為結果並不算理想。

關於襲擊這座廟的兩人，陳憶玨表示現在還在調查中，只要一有結果，會立刻告訴阿吉。

雖然阿吉真的很擔心曉潔與何嬤等人的安全，但現在何嬤知道自己還活著，這件事情也著實讓阿吉感覺到煩惱。

因為他還想不到辦法，可以給何嬤一個交代。

如果說這個世界上，有一個人真正可以讓阿吉感覺到棘手的話，除了何嬤之外，真的是不作他想。

畢竟從小就幾乎等同在么洞八廟長大的阿吉，等於是何嬤看著他長大的，不只有阿吉，就連陳憶玨也是一樣，因此兩人會搞什麼把戲，何嬤最清楚。尤其是兩人說謊的模樣，更是難以瞞過何嬤，所以這正是阿吉苦惱的原因。

因為心煩的關係，阿吉在廟宇中踱步。

這座廟，對阿吉來說並不算陌生，雖然經過這麼多年之後，多少有些改變，不過大體上來說，每個房間是什麼作用，阿吉還算清楚。

帶著心事漫步在無偶廟中的阿吉，回過神來時，發現自己已經身在無偶道長的辦公室中。

由於作風低調，這座廟宇來訪的客人也不多，因此這間辦公室比阿吉所有看過的廟宇辦公室都要低調，甚至就連鄧家廟的辦公室，都比這間還要來得氣派、豪華。

無偶道長的辦公室裡面，只有一張小小的辦公桌，跟幾張椅子。

牆壁上，連個像樣的匾額或掛軸都沒有，整間辦公室樸素到跟即將應考的考生書房沒什麼兩樣。

過去阿吉就來過這間辦公室，但是今天的他，置身於這間辦公室中，卻有一種不太尋常的感覺。

阿吉覺得眼前這低調的辦公室，低調得很刻意，換句話說，這應該不是無偶道長低調的個性，自然活出來的樣子，而是一種刻意營造出來的形象。

換句話說，這間辦公室給阿吉有種不得不低調的感覺……就好像通緝犯或者是躲債的人一樣。因為隨時都有可能被追捕，或者是隨時可以改變住所，所以房間裡面一切的設備都很簡單。

有了這種感覺，讓阿吉突然想到，自己對於師祖無偶道長，可能一點也不了解。

當然阿吉自認對於師父呂偉道長還算了解，他非常清楚，不過對於這個師祖，以及師父跟光道長之間的恩恩怨怨，就算要說是一無所知，似乎也沒什麼不對。

阿吉知道自己的師父呂偉道長絕對不是一個喜歡裝神弄鬼、故作神秘之人。

這一點從很多小地方都看得出來。

關於傳承這門技藝，呂偉道長有自己的許多堅持，這些堅持其實或多或少，都感染到了阿吉的身上，因此只要提到口訣的傳承，阿吉也會收拾起平常玩世不恭的態度，變得認真且嚴肅。

這就是阿吉從呂偉道長身上看到的精神。

那種擔心阿吉不能理解，反覆不厭其煩的說明，不容許有半點誤解的態度，就是阿吉對呂偉道長的了解。

在後來帶著阿吉四處征戰之際，呂偉道長也總會讓阿吉發表自己的看法，然後聽完之後，再點出阿吉錯誤的地方。

從這許多地方，都可以看得出來，呂偉道長對自己徒弟的用心。

不只有關於技藝的教導如此慎重，就連關於鍾馗派一路走來的歷史，即便有許多已經不存在，甚至已經毫無關聯的東西，呂偉道長仍然會一一解說。

關於這點，如果當時在J女中決戰之前，不是時間不夠的話，阿吉說不定也會把這些過去的歷史，一一告訴曉潔，哪怕阿吉認為沒有半點意義。

但是，最詭異的地方就在這裡了。

那些遙遠的歷史，呂偉道長講得清清楚楚，但是對於自己與無偶道長的事情，提到的卻甚少。

就連呂偉與光道長之間的恩恩怨怨，呂偉道長也是隻字不提。

在阿吉的記憶之中，有一次阿吉因為看不慣光道長的徒子徒孫，跟別人批評自己的師父呂偉道長，而跟對方起了衝突。

那時候的阿吉，已經學成出師，手腳功夫一點也不遜色，因此把對方打得鼻青臉腫，跑回去跟光道長投訴，光道長也立刻派人前來么洞八廟理論。

也正是在這一次，呂偉道長不得不面對自己師兄弟之間的恩恩怨怨。

還以為呂偉道長多少會出面稍微捍衛一下自己的徒兒或自己的名聲，想不到呂偉道長竟然會低聲下氣向光道長派來的人道歉。

看到這場景，阿吉才知道，不管自己如何跟光道長的人起衝突，不管自己如何去爭所謂的是非，到頭來，真正為難到的，都只有自己的師父而已。

這讓阿吉後悔不已。

等到光道長的使者，趾高氣揚地離去，阿吉原本還以為呂偉道長會動怒，把自己狠狠地罵一頓，想不到呂偉道長卻跟自己道歉。

「阿吉啊，」呂偉道長說：「就當師父跟你道歉，或許我們上一輩的事情，你知道的不多，可是希望你能多多體諒，不要再跟光師兄還有他的門人起衝突了。」

「可是……」年輕的阿吉，血氣方剛，很難接受這樣的事情：「他們都在背後說很多你的壞話，這……」

呂偉道長揮了揮手說：「我知道你會很難受，所以師父才會在這邊先跟你道歉，讓你受委屈了，真是不好意思。」

看到做師父的，如此誠懇地拜託自己，身為弟子的，又怎麼可能不接受呢？

那天，阿吉答應了師父呂偉道長，會盡量容忍光道長與他的門人，不過在呂偉道長還在世的時候，阿吉總會想辦法讓他們吃癟，多少也有點違背這個承諾。

不過呂偉道長去世後，阿吉便徹底執行，不但沒再跟光道長的門人起衝突，甚至對光道長，也保持著對師伯應有的尊重。

儘管在師父懇求自己的那天之後，阿吉總是會忍不住犯戒，不過阿吉確實知道了一件事情，就是他不會再過問自己師父過去的事情。

過去，基於對自己師父的尊重，既然呂偉道長不喜歡談及過去，阿吉就不問。

不過現在，如果真的想要追究起來，恐怕以目前的鍾馗派來說，只剩一個人可以多少回答一點當時的事情，那就是年事已高，卻被兩個小賊襲擊，現在還躺在醫院的伯公了。

4

離開辦公室，阿吉回到了後院。

看到阿吉回來的玟珊，停下了練習，看著阿吉。

雖然阿吉揮揮手示意玟珊不用管他，逕自在旁邊坐了下來，不過玟珊還是走過來，坐在阿吉身邊。

儘管阿吉清醒的時間有限，恢復正常的時間不到一天的三分之一，不過兩人還是算是朝夕相處了幾年，不需要阿吉多說，玟珊也知道此刻的阿吉心情煩悶。

雖然說可能打從一開始，玟珊所認識的阿吉，多少都是這樣略帶著點煩惱，總是有什麼憂心的事情一樣，不過自從自己的父親與那個五夫人廟的小姑娘死後，兩人踏上尋兇之旅，這個狀況就變得更加糟糕了。

明明難得可以清醒，清醒之後，卻總是有這些煩心的事情，讓玟珊為阿吉感覺到不捨。如果可以的話，她還是希望他清醒的時候，可以多少開心一點，而不是眉頭深鎖，總是憂心忡忡的模樣。

因此坐在一旁的玟珊，絞盡腦汁想著看看能不能讓阿吉說點話，多少排解一下心中的苦悶。此刻阿吉看著那棵瘦小榕樹，玟珊也順著阿吉的目光看過去，突然想到先前想要問阿吉的事情。

「對了，」玟珊對阿吉說：「先前好像聽你問過伯公，你師父最喜歡九首傳奇中的哪一段，你記得嗎？」

「記得，」阿吉點點頭，然後淡淡地笑著說：「我師父最喜歡的是府城七決，真的很難想像。」

「怎麼說呢？」

「妳沒看過我師父，」阿吉笑著說：「他不像是那種會喜歡這麼熱血江湖事情的人，跟他的樣子真的不太像。」

「那阿吉你呢？」玟珊問：「你應該也知道很多鍾九首的故事，你最喜歡的又是哪一段呢？」

「我，」阿吉皺起眉頭想了一會：「應該就是最有名的劍潭傳奇吧。」

「喔？」玟珊說：「劍潭傳奇是什麼樣的故事？可以說給我聽聽嗎？」

由於這些日子，阿吉清醒的時間有限，而且大部分的時間，還需要花在處理自己失神的時候發生的一些事情上面，傳授鍾馗派東西的事情十分有限，因此關於鍾九首的事情，以及鍾馗派過去的歷史，其實都沒有時間可以告訴玟珊，所以對於鍾九首的事情，玟珊知道的十分有限。

不過阿吉當然也知道，玟珊會要自己說，多少也是為了讓自己不要再為這些事情煩心。

確實，現在不管阿吉怎麼想，可能都沒有辦法改變眼前的現況，既然這樣，轉換一下心情也不錯。

這麼想的阿吉，點了點頭，把這段堪稱鍾九首傳奇中，最廣為人知的劍潭傳奇，告訴了玟珊。

劍潭傳奇是在鄭成功解放了台灣，趕走了荷蘭人之後的事情。

那時候的台灣，由於荷蘭的高壓殖民統治，導致台灣民心向背、妖魔橫行。

為了平定台灣，給人民一個安心的環境，於是鄭成功帶著鍾九首，以及少數精銳部隊，繞台解決這些讓人民不安的問題。

鄭成功所到之處，常常會遇到許多民眾的陳情，聆聽他們的困擾，並且解決他們的問題，成了鄭成功此行最大的目的。

鄭成功帶著一群人一路北上，行軍到今天劍潭的地方，就遇到了妖怪。

當然關於妖怪的身分，就連北派都眾說紛紜，不過大部分相信，是地凶妖。

地凶妖是一百零八種靈體之中，最有名的一種靈體之一。

在鍾馗祖師誕生之前，這個人世間本來就充滿了各種妖魔鬼怪，在口訣出現之前，自然也有很多人，記錄下這些妖魔鬼怪。

當然這些記載，都沒有口訣如此包羅萬象，不過其中也不乏有些名作，就像是著名的山海經那樣。

而那些大部分人見到的妖怪，舉凡像是天狗、河童，這些比較著名的，大部分都是所謂的凶妖，有些更強大的，修練成仙的，則是逆妖。

來到台北劍潭附近的鄭成功部隊，受到百姓的請託，希望可以幫忙平定這個佔據湖中多時的妖怪。

如果是其他人，或許會對這樣的要求感覺到困擾，畢竟部隊擅長的是打仗，不是收妖。

然而鄭成功的部隊之中，剛好就有這樣的好手，這個人不是別人，正是為了躲避鬼王派的追殺，而跟著鄭成功到處征戰討伐的傳奇道長，人稱海賊道長的鍾九首。

相傳不只有這個時候，在鄭成功的部隊在海上航行的時候，有時候也會遇到一些妖魔鬼怪，那時候都是靠著鍾九首的力量，才能夠如此順利在海上航行。

因此接到了民眾的委託之後，鄭成功二話不說，立刻答應了民眾的請求。

於是鄭成功等人，駕著船來到了湖中，果然過沒多久，那個海怪就現身襲擊了鄭成功的船隻。

見到海怪現身，鍾九首二話不說，立刻上前迎戰。

這時候的鍾九首，經過了多年的磨練，已經是個經驗老到的道士了，深厚的功力當然也不是這個海怪所能應付的對手。

只是那個海怪，根本沒想到會遇到這麼厲害的對手，因此一開始很兇狠的海怪，被打得滿頭包，立刻腳底抹油跳回湖中，說什麼都不肯出來。

不只如此，被打到怒火中燒的海怪，捲起了浪包圍了鄭成功等人的船隻，雖然不敢貿然攻擊船隻，但是一時之間就連鍾九首也拿那隻海怪沒輒。

一般來說，這些海怪或者是靈體襲擊船隻，大多失敗之後就會逃之夭夭，不過由於這座湖本來就是海怪的棲身之所，換句話說就是海怪它家，因此它沒有逃，反而決定就這樣跟鍾九首對峙。

雙方就這樣隔著水面，互相對峙許久，一路從日出到日落。

這下就尷尬了。

先不要說這樣的對峙，鍾九首他們沒辦法上岸，光是國姓爺這個顏面可能就得要掃地了。因為方圓百里的人，都聽說鄭成功要來這邊除妖，全部都跑來看了，結果現在對峙在湖中，進退兩難，實在是有失顏面。或許這就是所謂的強龍不壓地頭蛇，面對龜縮的海怪，一時之間就連鍾九首也沒有辦法。

看到這情況，鄭成功也急了，趕忙問九首有沒有辦法，九首說有，說了一堆口訣之後，簡單告訴鄭成功，只要把鍾馗寶劍丟入湖中，就絕對可以斬殺這個妖怪。

畢竟現在海怪控制著附近的湖水，讓他們困在湖中，只要一劍這樣下去，光憑寶劍上的法力，絕對可以讓它一刀斃命。

鄭成功聽了，立刻大喜，要九首這麼做。

不過九首當然不願意啦。

「拜託，鍾馗寶劍耶！那可是傳家之寶，老祖宗的遺物耶！」

聽了九首這麼說，鄭成功立刻反問，現在都已經這種情況了，是命重要還是寶劍重要？

九首不假思索地說：「當然是……寶劍啊。」

結果九首話還沒說完，一旁的鄭成功已經抽出他的鍾馗寶劍，然後二話不說，把寶劍丟出去，射入湖中。

丟出去才聽到九首的答覆，想不到竟然是寶劍，鄭成功也只能聳聳肩說聲：「抱歉，我以為你會回答當然是命啊。」

鍾馗寶劍射入湖中，那海怪立刻發出淒厲的哀號，作亂多年的海怪，就這樣被鍾馗寶劍射死了。

四周響起了歡聲雷動的歡呼聲，而這段故事也被記錄於史書之中，成為現在台北劍潭的由來。不過可能沒有多少人知道，當初鄭成功所擲入湖中的寶劍，就是最有名的鍾馗寶劍。

就這樣，流傳千年的寶劍，被丟入了劍潭之中。雖然收服了海怪，但是鍾馗寶劍也從此沉入湖中。

百姓一片歡呼，鄭成功留下一段動人的傳奇，只是可憐的鍾九首，跪在湖邊三天三夜，痛哭失聲。

深深感到對不起鍾馗祖師的鍾九首，還一度差點投湖自盡，幸好一旁的人強力阻止，才拉住了鍾九首。

而這就是鍾九首傳奇中，最著名的劍潭傳奇。

雖然說，一開始確實是為了讓阿吉排解心中的鬱悶，才會希望阿吉講述鍾九首的故事，不過由於阿吉生動的敘述，加上豐富的表情與肢體語言，讓玟珊整個人聽得十分入戲，完全沉浸在九首傳奇之中。

「九首師祖，」阿吉對玟珊說：「其實一直都很有爭議，例如他海賊的身分。不過其中最大的爭議，就是他隨鄭成功在台灣南征北討的時候，就像這樣陸續遺失了鍾馗四寶。」

「那鍾馗寶劍呢？」

「後來北派來到台灣之後，」阿吉說：「短暫停留在頑固廟後，就上來台北定居。目的就是為了打撈這把寶劍，歷經了三代的努力，後來終於找到了寶劍。至於剩下的三寶，就是我師父去找到的。」

這或許是阿吉的認知，不過現在他才知道，原來這段尋寶之旅，原本應該是放棄鍾馗派之旅。

到底是什麼原因，讓呂偉道長會想要放棄鍾馗派呢？

自認對自己師父還算了解的阿吉，怎麼想都想不通。

不過，阿吉也非常清楚，這背後，一定有自己不知道的原因。

自己，真的心理準備好接受答案了嗎？

會這麼捫心自問，就是因為不知道為什麼，阿吉總覺得，遲早有一天，不管自己願不願意，這個答案都會出現在自己眼前，就像呂偉道長臨終前說的一樣。

這或許，就是宿命吧？

5

那晚跟玟珊聊過之後，阿吉也確實覺得心情好了些。

畢竟就目前的情況來說，著急也沒有用。

不管敵人的目標是不是鍾馗派，現在也只能等待陳憶玨的調查結果。

這半年來，阿吉與玟珊是一路追著鍾家的線，可是現在看起來，先前動手的這些鬼王派的人，到底跟鍾家續之間有什麼關聯，可能只有調查之後才能得到結果。

現在著急真的也沒有半點幫助，至少給陳憶玨一點時間，調查出一些結果之後，或許才能知道下一步到底該怎麼做。

還好陳憶玨並沒有讓阿吉等太久，幾天後，就接到了陳憶玨的電話。

經過陳憶玨的調查，兩人原來都曾擔任過翻譯工作，而且兩人在前往日本前，根本就跟什麼鍾馗或鬼王派無關。

換言之，兩人很可能是前往日本之後，才跟鬼王派的人搭上線。

這雖然一方面證實了阿吉對兩人的看法，兩人在資歷方面，確實遠遠不如打從一出生就是鬼王派的鍾家續，但是……阿吉也沒想到兩人可能加入鬼王派的時間竟然會那麼短。

就好像惡魔的誘惑一樣，當年鍾馗派的第二代傳人，就是拒絕不了這種誘惑。

明明都是師兄弟，明明都傳自鍾馗祖師同樣的口訣，毫無偏心，但是所謂的天分，大概就是這樣。

尤其是導入操偶之後，看著原本跟自己一樣陷入困境的師兄弟，一個接著一個，靠著操偶重新找回一片天，自己卻因為手腳遲鈍，操偶不順，仍然陷在泥沼中。

這時血染戲偶，帶給他的速成，讓他看到了一條異常明亮的路，明亮到他沒想過任何的後果。

真正讓人入魔的是力量，絕對的力量。

速成與很快就有超越自我的力量，這就是鬼王派曾經紅極一時的原因。

看著大量的道士，為了速成，毅然決然投身魔化的行列，讓人感覺到無奈。

就好像在直播快速流行的世界，每個人只要有支手機，就可以賭賭看自己會不會紅一樣，讓人輕易就著了魔，書也不讀了，工作也不做了，整天作著一炮而紅的夢，天曉得在流行退卻之後，這些人又能何去何從。

在修練的道路上，這樣的速成往往有它的極限，尤其在速成的情況下，更容易遇到瓶頸。

到頭來，雖然抄了條近道，但是這條路，卻沒能走得比人家遠，甚至卡在比人家還要前面的地方，這就是兩派之間的實力分布狀況。

低階道士的強度，鬼王派總是比較扎實，但是真正能夠突破重重瓶頸，成為名留青史的大道長，卻都是鍾馗派居多。

不過這些，都是在清朝大戰之前，甚至是明朝之戰前的事情，在清朝大戰之後，鬼王派幾乎崩毀，那些誰比較有利的過去，都已經成為了歷史。

現在看樣子鬼王派又再度死灰復燃了，歷史，變成了現實嗎？

過去不可否認的是，阿吉一直認為鬼王派與鍾馗派的紛爭，都只是歷史。

但是現在這些歷史卻彷彿穿越時空般，就好像前幾年流行過的穿越劇一樣，只是所謂的穿越劇，穿越的是男女主角，而不是這種該死的歷史恩怨。

短短幾年的時間，就可以這樣強悍，這就是鬼王派。

不過，阿吉非常清楚，他們肯定有師父，說不定也有師兄弟。

下一次兩人得要面對的，可能就不是這種半路出家的對手，而是真真正正鬼王派的血脈。

至於落網之後的情況，陳憶玨也深入調查了一下。

首先，對於拘留所兩人互咬頸部，最後的報告雖然歸咎於畏罪自殺，但是警方還是當場逮捕了也在現場的律師。

詭異的是那個律師竟然彷彿大夢初醒，面對不久前才在自己面前互咬自盡的兩人，完全沒有印象，看到兩人死在當下的慘狀，還嚇到雙腳癱軟，整個人坐倒在地上。

經過詢問之後，律師竟然連自己受到誰的委託都不清楚。

不過怪異的情況不只有如此，光是看守所裡面的狀況，也有許多疑點。

畢竟就算兩人擁有同一個律師，正常情況下也不應該會讓兩個受刑人，一起會見那個律師，除非有特別的情況，不然一般來說，不會這樣處理。

「所以你們那邊也被滲入了嗎？」阿吉聽到這個情況之後，提出這樣的疑問：「警政系統或獄政系統裡面，有鬼王派的人？」

「……可能不是這樣。」這是調查之後陳憶玨的答案：「因為如果真的是這樣的話，那麼鬼王派的勢力範圍可能會大到一個不可思議的地步。」

陳憶玨向阿吉解釋，他們調查之後的結果，發現要發生類似這樣的狀況，幾乎要買通整個看守所上下的人，不只如此，就連那個律師，以及他們律師事務所的人，也有許多弔詭的地方。

在兩個嫌犯互咬身亡之後，律師彷彿作了場大夢，看到兩個人死在他的面前，嚇到都尿褲子了，更遑論他根本不記得有接受任何的委託，要來看他們兩個人。

這點也可以從律師事務所的監視器得到證實，在兩人被捕之後，一直到律師出現在看守所的這段時間裡面，都沒有任何客戶前往委託。

這就是為什麼，陳憶玨會認為如果鬼王派真的是混在裡面的內奸，他們的勢力可能會超乎想像的龐大。

對於這點，阿吉也有相同的看法，比起買通所有人，不如用其他比較簡單的辦法，殺雞焉用牛刀，大概就是這樣的道理。

鬼王派有很多方法可以用，金錢恐怕會是他們最後不得不才使用的辦法。畢竟這些年，由於清朝大戰落敗的關係，鬼王派的勢力早就已經大不如前，相信經濟狀況也不會太好，因此如此高調的做法，確實不像鬼王派的作風。

「我們也詢問了看守所那邊的人，」陳憶玨說：「照他們幾個人的說法，他們也不知道是怎麼一回事。其中有幾個人，甚至服務已經好幾年了，都不曾犯過這樣的錯。不過那一天，就不知道為什麼，所有人都沒有他們已經違規這樣的想法，就好像……所有人都忘了這回事了。」

聽到陳憶玨這麼說，阿吉不禁心想：「看樣子鬼王派不只可以操弄鬼魂，就連人也可以……？」

不過轉念想想，就好像自己以偶操偶的技巧一樣，能控制得了鬼魂，當然利用鬼魂去控制人，似乎也沒什麼大不了的。

只是這跟以偶操偶一樣，那難度恐怕也是難上加難。

至少，絕對不是在獄中自盡的那兩個人，可以做得到的。

而且，從兩人自盡的行為，可能也只是代表一件事情。

那就是除了兩人之外，絕對還有更多的鬼王派，還沒有露面，而兩人的死，就是防止眾人繼續追查下去的斷點。

這就是陳憶玨調查之後的結果。

6

對於這樣的結果，不管是阿吉還是陳憶玨都不是很滿意。

不過想一想大概也可以了解到，對方會讓兩人這樣互咬致死，就是希望阻礙眾人循線找到其他人。

如果可以輕鬆從兩人的狀況就查到的話，那麼也沒必要讓兩人這樣平白無故的犧牲。

所以這樣的調查結果，或許也不算太讓人意外。

然而仔細想想，還是有很多不太合理的地方。

對阿吉來說，最難以理解的地方，就是對方下手的目標。

在陳憶玨的幫忙之下，阿吉這邊至少有了一份受害者的名單。

仔細比對之下，確實這些人都跟鍾馗派有所關聯，最少這點是肯定的。

換句話說，就算是以此為依據，斷定對方就是以鍾馗派為目標，也絕對算是合理的推論。

這也正是為什麼，陳憶玨會這麼急著想要找到像阿吉這樣，能夠提供她線索的鍾馗派人士。

偏偏幾乎大部分的鍾馗派道士，都在那場J女中決戰中亡故，所以案情才會陷入膠著多年，完全沒有半點進展。

然而，就算對方真的以鍾馗派為目標，還是有許多無法解釋的地方，而這些無法解釋的地方也正是阿吉現在苦惱的原因。

最主要的矛盾點應該就在於，如果是以鍾馗派為目標的話，那麼為什麼不直接找上鍾馗派的人？

雖然說，大部分的鍾馗派人士，確實都已經往生了，不過有些廟宇都還在營運，其他的不說，光是么洞八廟，不只還在運作，裡面也還有鍾馗派的繼承人，如果想要找鍾馗派麻煩，不是應該先從這些廟宇下手嗎？

最重要的就是么洞八廟，畢竟如果提到鍾馗派，恐怕道上的人，第一個聯想到的就是么洞八廟。

這也正是為什麼，阿吉非常擔心何嬤等人安危的原因，正所謂樹大招風，如果任何人想要對鍾馗派不利，那麼第一個選擇的目標，恐怕不是歷史最久遠的頑固廟，就是這座名聲最響亮的么洞八廟吧？

對方連小悅都能下手了，實在很難想像，為什麼會就只有么洞八廟沒動手？

對，小悅……

這時阿吉突然想起了小悅，一開始想到小悅，阿吉下意識就只想到自己跟呂偉道長。

畢竟當年是兩人幫助小悅，也是兩人想辦法才保住小悅的一命，而這些年來，小悅之所以可以被收留在五夫人廟，主要的原因當然是因為呂偉道長的懇求，廟方才願意收留小悅。

因此，當小悅遇害的時候，阿吉第一個聯想到的就是對方是衝著么洞八廟或者是鍾馗派而來的。

然而，如果仔細想一下，就會發現裡面問題重重。

首先第一個想到的問題還是，對方是如何找上小悅的？

這已經是第一個問題了，然後接著再想下去，如果小悅不是那樣的死法，恐怕不會跟這些案件連結在一起。

畢竟說到底，五夫人廟根本就不是鍾馗派體系的廟宇。

不只有小悅，鄧廟公也好，這些人都不是這樣直接跟鍾馗派有所關聯，如果沒有那些傷痕，甚至根本就不會被連結在一起。

換句話說，這些人跟鍾馗派有關係，是熟悉鍾馗派的人才會知道。

如果是這樣的話，下手的人，又是如何找上小悅跟鄧廟公這些人的？

其他人也就算了，光是只看阿吉比較熟悉的鄧廟公與小悅，單純連結兩人的話，那麼就只有一個答案，可以將兩人直接連結在一起。

這個答案，不是「鍾馗派」，而是……「頑固廟」。

對，仔細想一想之後，就可以理出這樣的答案。

畢竟雖然說鄧廟公曾經想要拜師，加入鍾馗派，但是他連基本第一關都沒有辦法通過，又不肯學習跳鍾馗，因此距離鍾馗派，真的還有很大的一段距離。

至於小悅就更不用說了，除了當年的那場悲劇，讓她跟鍾馗派有點關係之外，其他的根本就跟鍾馗派沒有關係。

不過他們兩個，卻同時都跟頑固廟有所來往。

鄧廟公這些年來，都靠著他以前那個無緣的師父幫助，而那位師父，本身就是頑固廟體系的道長，因此跟頑固廟確實有些關聯。

至於小悅雖然安置在五夫人廟，但這些年來，主要負責小悅的費用，以及聯絡其他事宜的，都是頑固廟那邊在負責。

因此比起鍾馗派來說，兩人更直接的是跟頑固廟之間的關係。

換句話說，不管對方到底是針對自己與呂偉道長，還是整個鍾馗派，至少他們能找上兩人，肯定是透過頑固廟這條線。

如此一來，那麼追兇的線索很有可能就在頑固廟。

因此阿吉經過再三的考慮之後，到後院找玟珊。

「我需要再回去一次，」這是阿吉最後理出來的結論：「……頑固廟。」

第4章·山之靈

1

照鍾家續的說法，現在三人所需要的靈體，不只有量，還需要有質，這可不是隨處都可以遇得到的。

因此三人約了一天，來到了圖書館裡面，翻閱著舊報紙，試圖找尋一些可能與鬼魂有關的線索。

當然在這方面亞嵐是專家，畢竟自己的哥哥是恐怖小說家，因此常常為了找尋一些靈感，來圖書館看一些舊報導，或者是找資料。

雖然說近幾年，因為網路的盛行，已經很少來圖書館了，就連亞嵐的哥哥也如此，大部分的資料都可以在網路上找到。

不過現在三人要找的是，更古老一點的東西，有些可能連網路上都已經沒有刊載的東西，因此才會前來圖書館，希望可以找到一些資料。

當然圖書館裡，加上三人的手機，也都可以連上網路，如果真要找尋網路上的資料，圖書館也可以。另外就是三人也需要個地方，可以好好蒐集資料。

因此在考慮過後，本來要選擇網咖的，後來還是決定了圖書館。

三人分頭找了一陣子之後，才離開圖書館分享各自找尋的結果。

「其實我覺得我們學校還不錯，」一無所獲的曉潔無奈地說：「如果可以把那些縛靈抓來的話，應該也是不少好基礎。」

鍾家續搖搖頭說：「他們已經鎮壓那個地逆妖多年，功力早就已經耗盡，除此之外他們離開陣之後，會各自離開，雖然可能都在附近，不過現在的狀況，很難把他們集中起來，鬼魂也是需要有餘力才會作亂，憑他們現在無力的狀況，很難把他們引出來。」

「那你那邊有找到什麼嗎？」曉潔問。

「我有找到一些資料，」鍾家續說：「不過……」

鍾家續將自己找到的資料，拿給曉潔看。

這些資料大部分都是過去知名的火災，以及一些鬧得沸沸揚揚的鬼屋。

「不管是改建，」鍾家續皺著眉頭說：「或者是繼續使用，目前大部分也都還有住人，好像不是很適合我們去收鬼。」

曉潔看了一下，確實都跟鍾家續所說的一樣，不管是大火導致多人死亡，還是曾經多次發生不祥悲劇的地點，目前大多都還有人居住，因此三人如果想要這樣闖進去抓鬼，確實不太妥當。

就算是跟當地的委員會或者是里長溝通，大部分的華人對於這種事情，還是不太願意接受，因此多半也不太可能成功。

不然的話，從某個角度來說，鍾家續找的這些資料，確實很有可能符合他們所需要的一切，不但擁有大量的鬼魂，又有可能有威力比較大的靈體。

眼看兩人都沒有找到適合的地方，兩人轉向了最後的希望——亞嵐。

只見亞嵐淡淡地微笑著，看著兩人。

「嘟嘟妳呢？」曉潔問：「有沒有找到什麼適合的？」

「嗯，」亞嵐點了點頭笑著說：「其實在找資料之前，我就已經在我的腦海裡想了一會，問題就在於，先不要說打倒阿吉，光是要與之抗衡，三百張符說不定都不夠。如果想要大量找到這些鬼魂，可能需要找一下，畢竟鬧鬼最兇的地方，就是鬼魂最多的地方。不過就像鍾家續找到了那些資料一樣，我一開始就想到，如果只是單純找到鬼魂多的地方，可能會遇到跟鍾家續一樣的問題。所以我決定，把注意力放在威力比較大的靈體上面，也就是跟你們兩個比較不一樣的地方，所以我想到了四個字。」

「四個字？」

「嗯，」亞嵐一臉神秘地點了點頭說：「都市傳說。」

「都市傳說？」

「對，」亞嵐說：「其實說穿了，我選的都市傳說，簡單來說就是鬼故事啦。先不要說它們的可靠性有多少，如果這些鬼故事，有真的鬼魂在裡面的話，那麼這些鬼魂，很可能符合鍾家續所說的，屬於比較強大的鬼魂。」

兩人點了點頭。

「至於都市傳說嘛……」亞嵐歪著頭說：「我一開始怎麼想都只想到恐怖小說天后等菁的《都市傳說》系列，除此之外，似乎很少有跟台灣有關的都市傳說。後來才想到，會有這樣的情況，或許是因為台灣好像沒什麼都市傳說啊，幾乎都是進口的。不過，從某個角度來說，其實人面魚跟紅衣小女孩，確實也可以算是都市傳說，至少就類型來說確實是如此。」

如果要說到都市傳說或者是這些鄉野傳奇，雖然說亞嵐可能不至於到專家的地步，不過絕對比在座的兩人還要更加專業。

「所以，既然想到紅衣小女孩，」亞嵐說：「我就想找些比較有名的山難來看看，看看能不能找到一座山，比較多類似的靈體。」

聽到亞嵐這麼說，鍾家續點了點頭表示贊同。

「其實山上的鬼魂，」鍾家續說：「確實比平地多。」

陰陽雖兩隔，但是就好像隔著一層紗一樣，多少還是會有所影響，這就是人煙稀少鬼魂多的原因。

「就是這個原因，」亞嵐說：「我找了一下關於山區的消息，找到了不少資料。我想我們可以把目標鎖定在特定的幾座山，這幾座山都曾經發生過轟動一時的事情。」

亞嵐將自己找到的資料分給了兩人，兩人看了一下，上面確實記載了許多山難與山林間發生不可思議事情的報導。

「然後，」亞嵐接著說：「我還稍微規劃了一下幾條不同的路線，如果可以的話，我當然希望我們可以多少經過紅衣小女孩或者是小飛俠出沒的地點。如果順利的話，說不定我們還可以遇到紅衣小女孩呢，如果我們可以抓到紅衣小女孩的話……」

亞嵐說著說著，臉色也越顯得意。

「哈哈，」亞嵐突然站起來得意地說：「你還在寫紅衣小女孩的題材？老娘就親手抓過紅衣小女孩，這就是我會跟我哥說的話，哈哈哈哈。」

聽到亞嵐這麼說，不免讓兩人白了眼。

不過，就連兩人也不得不說，亞嵐的點子……好像很優秀。

就目前的情況來看，一個一個抓，要對付像阿吉那樣的大魔頭，至少要來個百張符，而且這樣還不見得真的可以跟阿吉對抗，但是如果其中有些強大的靈體，說不定真的比較有機會一點。

畢竟就實際上的感覺來說，阿吉可能實力比逆妖還要恐怖。

聽到鍾家續的分析，曉潔都不知道該覺得驕傲還是難過，自己的師父比逆妖還強，偏偏是個殺人魔王？

「山之靈，非魅即惑，」鍾家續說：「森之精，非妖即魔。」

這話一出，不只有亞嵐不解，就連曉潔也是一臉疑惑。

「這是我們古老的說法，」鍾家續說：「不過因為很容易誤導年輕的道士，後來比較少這麼說了。」

不管怎麼說，山上、海邊，確實有比較多的機會遇到比較大量，而且威力也強大的靈體。

所以兩人經過商量之後，決定就照著亞嵐找到的資料為基準，開始規劃接下來的路線。

聽到兩人贊同自己的計畫，不免讓亞嵐更加興奮，後來經過考量之後，發現其實在亞嵐規劃的路線之中，那條會經過紅衣小女孩的登山路線，或許會比較容易一點，因此三人經過討論了之後，便決定是那條路線。

「……紅衣小女孩。」亞嵐喃喃自語。

「天啊，」鍾家續無奈地說：「妳認真的嗎？」

「你不覺得很酷嗎？」亞嵐興奮地說：「讓台灣陷入恐懼的小女孩，可以在你的麾下。」

「麾下……」鍾家續冷冷地說：「妳是在打仗嗎？」

「要對付魔王，」亞嵐說：「就需要最強大的鬼魂，不是嗎？所以在我看來，這些應該就是我們的最佳選擇，一定不會錯的！」

「我開始體會出妳說的了……」鍾家續輕聲在曉潔耳邊說。

「什麼？」

「她好像怪怪的。」

「是啊，」曉潔苦笑著說：「這就是我認識的亞嵐。」

亞嵐的雙眼，綻放出異樣的光芒，就好像她哥寫的小說，《黃泉委託人》裡面的謝任凡那樣。

2

由於兩人對於都市傳說這類鬼故事的了解，遠遠不如亞嵐，因此決定了這個目標之後，亞嵐還特別找了些紅衣小女孩的資料，讓兩人參考。

雖然說，三人的目標不是紅衣小女孩，不過多少準備一下，也可以有備無患。

關於紅衣小女孩，就有兩部電影，N部小說，數不清的目擊，更不要提網路上那些以朋友的朋友見過為藍本，寫出來的海量文章。

如果今天舉辦投票，各國選出最具代表性的妖魔鬼怪，日本很有可能是貞子跟伽椰子，古老一點的河童跟長頸女，都市傳說的話應該就是裂嘴女。

那麼台灣，很有可能就是紅衣小女孩，古老一點應該就是林投姐。

亞嵐向兩人解說了紅衣小女孩最開始出現的情況，並且把電影跟小說這些內容大致上都講解了一下，讓兩人對於所謂的紅衣小女孩，有了最基本的了解。

聽完了亞嵐對兩人所做的紅衣小女孩特別簡報之後，鍾家續想了一會。

其實不管是曉潔還是亞嵐，對於紅衣小女孩的印象都沒有很深刻。

不過聽完之後，兩人大概心中也有個底了。

「所謂的紅衣小女孩，」鍾家續說：「確實跟我們先前傳下來的那句話一樣，很有可能不是魅就是惑。」

當然，對現階段的三人來說，或許這是個好目標也說不定，畢竟魅與惑就是以小搏大最經典的代表。

常常聽說大道長慘遭滑鐵盧，被一些道行比較低的鬼魂幹掉，不說都先猜魅或惑，所以單純就潛力來說，或許這兩種靈體對三人來說，幫助最大。

如果三人可以抓到像紅衣小女孩這種強大的魅靈或惑靈，或許會有很大的機會，可以跟阿吉一鬥。

「不過問題在於，」亞嵐摸著下巴，一臉擔心地說：「紅衣小女孩已經流傳許久，就算她真的橫行山中數十年，會不會已經沒有多少力量了？」

「酒是越陳越香，」鍾家續說：「靈是越老越強。」

「那要不要連林投姐也順便啊？」

兩人猛然回頭一起瞪著亞嵐。

「我以為我們是……算了。」

「一個一個來吧，」曉潔搖搖頭說：「我們連會不會遇到紅衣小女孩都不知道了，還是先這樣就好。」

「好吧，出發！」

亞嵐聳聳肩，無奈地接受，不過至少，三人現在終於有了個小目標，可以好好實行一下了。

決定好目標之後，三人著手準備登山用品，幾天後，啟程來到台中市區。

三人計畫先休息一夜之後再上山，於是到了台中市區後，三人找了間旅館住進去。

亞嵐跟曉潔兩人去街上，多買些上山用的東西，鍾家續則留在旅館裡面，趁著空閒他便將戲偶拿出來，準備再多練習一下。

只要一閉上雙眼，鍾家續的腦海中，就可以浮現出當時阿吉在月下操偶的景象。

想不到竟然有人可以操偶到如此地步，動作多餘到另人咋舌，這就是阿吉操偶給人的印象。

而這印象，就好像烙印在鍾家續腦海一樣，揮之不去。

張開雙眼，內心的渴望也浮現出來。

真的好想像阿吉那樣，輕輕一勾，就可以做出如此華麗、擬真的動作。

在見到阿吉的操偶之前，鍾家續作夢也沒想到，有人可以到這種地步。

一直以來，鍾家續也認為自己頗有天分，甚至認為自己有可能是操偶的天才。

如今看來，就好像阿吉那天說的一樣，只是個搞笑的天才吧？

沒有要求，因為沒有看到對手，沒有想像，因為不知道極限可以到哪裡。

人容易知足，就是因為沒有競爭，所以才沒有進步。

雖然說競爭的那種壓迫感、緊張感，以及失敗之後那種挫敗感真的很糟糕，但是一味想要逃避這種感覺，只是詮釋了懦弱這個詞而已。

或許，打從自己認定自己有天分的那一刻開始，就不自覺地畫地自限。

如果連這樣的心理障礙，都沒有辦法跨越，那麼會比別人還要差，便是注定中的結果。

在房間裡面，鍾家續拿出練習用的戲偶，調整自己的呼吸，然後雙手一振，手下的戲偶立刻動了起來。

「跳動吧！」鍾家續在心中對著戲偶吶喊：「我的夥伴，揮動起你的手腳吧！做出無謂的動作吧！就一次，讓我宛如阿吉那樣，技壓全場吧！」

就這樣熟練地操作著戲偶，一直到踏出最後一步，鍾家續手下的鍾馗戲偶，擺出了威風凜然的姿勢。

……不知道已經多久沒有這樣練習了。

雖然中間實在有太多地方，根本跟自己想的不一樣，整體來說，為了模仿阿吉，反而讓鍾家續連過去的操作都沒有辦法顧好。

不過，像這樣的練習，確實讓鍾家續覺得懷念。

這些年來學會了操偶技巧之後，就一直只是磨著刀，讓它維持著鋒利，不曾像這樣，希望這把刀可以更加鋒利。

今天他要的是成長，是朝另外一個領域而去，雖然還是很失敗，雖然距離阿吉還非常遙遠，不過他看到了一條路，一條可以朝著阿吉那個領域邁進的路。

鍾家續決定讓自己可以更加靠近阿吉，不管是十年也好、五十年也罷，只要有著阿吉那天操偶的影像在腦海之中，他就會一直練習，直到他跟阿吉一樣為止。

3

兩人買了東西回來，經過了鍾家續的門前，由於隔音設備不是很好的關係，隔著一扇門，也可以聽到鍾家續在裡面練習的聲音。

可能因為操偶的狀況，一直沒有辦法達到預期，讓鍾家續不免常常發出失敗的哀號。聽到這個狀況，兩人本來還想約他下來喝杯茶，最後也只能作罷，以免打擾他練習。

兩人放好東西後，下樓到了餐廳附屬的咖啡廳，點了兩杯飲料。

「鍾家續，」有感於剛剛的情況，亞嵐突然對曉潔說：「一定很難過吧？」

「嗯？」曉潔愣了一會之後，點了點頭：「嗯，畢竟剛失去爸爸。」

「不是，」亞嵐搖搖頭說：「我不是說這方面，我是說，在妳師父出現之後……」

「阿吉？」

「嗯，」亞嵐皺著眉頭說：「還記得在決鬥前嗎？他說自己是操偶的天才。」

曉潔無言地點了點頭。

「其實不只有後山的那一次，」亞嵐說：「感覺他一直想要展現他操偶高超的技巧，因此一直在找機會，想不到好不容易找到了一次機會可以大展身手……到頭來卻看到了真正的天才。」

亞嵐說到這裡，似乎也在為鍾家續默哀而停了下來。

「……這巴掌真的打得太響亮了。」亞嵐下了這樣的結論。

「阿吉給他的打擊，」關於這點，曉潔也十分認同：「真的太大了。」

確實，不是人人都可以承受類似這種強烈的打擊，有些人甚至一生只遇到一次，就徹底放棄自己與人生。所以就算是鍾家續，被這次的打擊重創到從此一蹶不振，似乎也不算太讓人意外的事情。

「更重要的是，」亞嵐說：「他有很多想法，妳知道，跟妳不一樣，可能跟任何人都不一樣，妳、我可能認為，輸給這樣一個……該怎麼說，長輩或者是大人沒有什麼，是件很稀鬆平常的事情。不過他不一樣，他沒辦法這樣就釋懷。」

曉潔點了點頭。

「更不要說，」亞嵐說：「他身上流著鍾馗祖師的血，但是卻變成這樣，對我們來說，是珍貴的口訣，但是對他們來說，可以視為不可取代的家訓啊。畢竟這些話，都是他老祖宗說的。」

聽到這裡，曉潔緩緩地點了點頭。

確實，曉潔有時候，完全忘了這樣的事情。

亞嵐之所以可以體會這樣的感覺，也是當時因為曉潔請了鍾靈上身，才突然想到鍾家續的血緣問題，更進一步體會到鍾家續可能會有的感受。

兩人休息了一會之後，準備回房，這時剛好看到了鍾家續從房間出來，光是看他滿身汗，也大概能猜想到練習激烈的程度。

「保留一點體力，」亞嵐淡淡地對鍾家續說：「明天，就要上山了，可不要到時候變成了練習選手啊。」

「什麼練習選手？」

「就是只有練習的時候才很厲害的選手。」

鍾家續白了亞嵐一眼，不過也沒多說什麼，畢竟確實情況就像亞嵐說的一樣，如果練習過度，明天沒有體力應付，那就真的好笑了。

於是在回房之後，鍾家續洗了個澡，然後一早就上床睡覺了。

一切都看接下來的狀況了。

能不能對付得了阿吉，就看到頭來自己手上到底能有多少符了。

4

上山後，三人走了幾個小時的山路，才看到了一座涼亭。

眼看已離人群有一段距離了，鍾家續便提議以這座涼亭為據點，在附近稍微找找看。

於是三人就手持不同的法器，希望可以找到個靈騷比較明顯的地方。

走了一陣子之後，亞嵐低下頭，看著自己手上的羅盤。

羅盤的指針呈現出非常怪異的情況，明明完全沒有動作，但是羅盤上的指針，卻緩緩地從右邊移往左邊，然後又從左邊移往右邊，接著停在亞嵐東北方的位置上。

看到這種情況，亞嵐抬起頭來看著曉潔，曉潔皺著眉頭，看著自己手上的法器，似乎也察覺到了異狀。

過了一會之後，曉潔看向亞嵐，點了點頭，然後轉過頭望向鍾家續。

「這裡應該可以。」曉潔對鍾家續說。

鍾家續看了看自己手中的香，然後轉過頭來看亞嵐這邊，亞嵐也點了點頭。

「好，」鍾家續說：「那我們就在這裡聚魂，先休息一下，之後開壇。」

由於三人的法器，都有了不同的感應，因此這裡應該是個很理想的場所。

確定了這裡很可能有靈體之後，接下來就是準備收服靈體了。

關於這點，三人在山下的時候也已經討論過了。

雖然說刀疤鍾馗已經被阿吉奪走了，不過曉潔還是有帶另外一尊戲偶上山，考量到鍾家續可能沒有辦法一邊跳鍾馗，一邊收這些鬼魂，所以兩人商量之後，還是讓曉潔跳鍾馗鎮場，鍾家續則主持開壇。

雖然對於跳鍾馗鎮場面這種事情，曉潔不是很有信心，不過曉潔也知道，不踏出第一步，永遠也不會有所成長，因此還是硬著頭皮上了。

兩人現在所用的模式，正是當年呂偉道長跟阿吉的模式。當時師徒倆出門辦事，也都是呂偉道長開壇作法，而阿吉在旁邊跳鍾馗鎮場面。

雖然說，三人已經盡可能不走一般步道，但是實際上，也沒有離步道太遠。主要的原因就是為了防止找不到下山的路，所以不敢離開步道太遠。

畢竟三人的目的，只是為了找尋一些孤魂野鬼，不是為了征服山岳，所以不見得要登上山巔，說不定只需要在半山腰，就可以找到足夠的鬼魂了，因此以步道的其中一個地方當作據點，然後稍微遠離步道，會是比較合理的做法。

即便如此，三人的準備也算是齊全，除了跟一般的登山客一樣，準備足夠的露營與飲食用品外，同時還需要準備法器。就算是純粹登山，也足夠他們撐一個禮拜以上的時間。

三人選擇在下午的時候入山，走了好一段路之後，才決定好地點，因此三人才剛開始準備，夜晚便已降臨。

讓亞嵐感覺到驚訝的是，原本還以為如果不使用照明設備，在山區會陷入伸手不見五指的黑暗，畢竟附近完全沒有燈光，不過這時候才發現月光與夜空超乎自己意料之外的明亮，加上遠處都市的燈火，多少看得出附近的景象，不至於完全黑暗。

儘管如此，如果只有自己一個人的話，就算亞嵐再怎麼大膽，恐怕也不敢一個人待在這種地方。

深夜的森林真的有種讓人說不出的陰森感，一股原始的恐懼，似乎正在告訴自己的大腦，有危險正在逐漸靠近。

這從腳底不斷向上冒起來的恐懼感，讓亞嵐有種想要拉著兩人離開森林的衝動。

不過不遠處，曉潔拿著鍾馗戲偶，踏出了她的第一步，開始跳起鍾馗。

在月光的照射下，曉潔的身影看起來有點模糊，就好像虛幻一般的若隱若現。

亞嵐離兩人的位置還有一小段距離，畢竟亞嵐才剛學這些東西沒多久，而且一直都是學興趣的，所以實質上來說，這種情況下沒辦法有太多幫助。

這時候如果離兩人太近，鬼魂可能會對她出手，到時候反而破壞了計畫，因此才讓亞嵐稍微離遠一點。

曉潔才剛開始沒多久，或許是心理作用，也或許是跳鍾馗開始發揮功效，亞嵐感覺溫度驟降，整個人都冷了起來。

即便現在身邊沒有人跟亞嵐解說，亞嵐也非常清楚曉潔此刻跳鍾馗的目的。

首先就是聚靈，跳鍾馗就好像一場好戲一樣，會吸引附近的鬼魂前來觀看，這就是跳鍾馗的第一步，也是三人眼下的首要目標。

先把鬼魂吸引過來，然後再將他們一網打盡。

看著曉潔熟練地跳著鍾馗，也不免讓亞嵐感慨，自己不知道要花多少時間，才有可能學得會這樣的技能。

不過亞嵐不知道的是，曉潔此刻內心相當緊張，就好像蒙著眼在走鋼索一樣。

曉潔所在的地方，跟亞嵐相比，還要更深入森林，因此光線比亞嵐的位置還要昏暗，就連腳邊的鍾馗戲偶都看不太清楚。

因此跳起鍾馗來，真的有閉著眼睛的感覺。

過去曉潔從來不曾在如此漆黑的環境之下跳過鍾馗，因此這一次跳得膽戰心驚，深怕自己腳步踩錯，或者出其他的錯。

另外一邊，鍾家續已經準備好開壇的前置作業。

比起曉潔這中途出家的道士來說，鍾家續絕對可以算是出身道士世家，就外出可以隨身攜帶的法器，不管在多樣化與應變能力來說，比起曉潔這邊要更加齊全。

其他不說，光是要曉潔在像這種荒郊野外開壇，她還真沒辦法。

不過鍾家續這邊準備就很齊全，就連這種幾根摺疊棍攤開，再放上一塊硬一點的布或者是板子，就可以成為簡易小桌子的物品，都能準備好隨身攜帶。

所以現在的鍾家續，就是利用這張簡單搭起的小桌子，當成開壇的壇桌。

桌子上面鍾家續擺滿了攤開來的符，就好像撲克牌那樣，呈扇形攤在桌上，這是方便鍾家續等等辨明鬼魂身分之後，隨時可以抽取到對應的符，符底端上面則壓著一塊石頭防止它們飛走，因此才擺成扇形。

鍾家續嘴巴裡面咬著一條細繩，繩子的另外一端則綁上一根沾有硃砂的針，懸空在桌子上。

由於山區風大，加上森林都是易燃物，不方便點上燭火，因此鍾家續用手機放在桌子一角取代照明設備，照著桌上的符與綁上細線的針。

如果是在平常的情況，大多是用燭火作指引，不過現在沒辦法用，只能用硃砂針來看看狀況。這個硃砂針，以前曉潔也有用過，因此亞嵐並不算陌生，主要的用途就是用來搜尋靈體。

鍾家續低頭看著針的狀況，只見原本無力垂著的針，突然有了動靜，開始左右搖晃，一會指向左、一會指向右，鍾家續看了一會之後，知道曉潔那邊跳鍾馗有了效果，開始有許多靈體朝這邊靠過來了。

接下來就看我的了。鍾家續這麼告訴自己。

畢竟從三人一起行動之後，不管是曉潔還是亞嵐，都表現出自己最擅長的一面。

在找資料與對這些鬼故事的了解這方面，亞嵐確實有過人的表現，而曉潔儘管沒什麼信心，才剛學鍾馗派的東西不到幾年的時間，卻也表現得有聲有色。

反而是自己，自從月下決戰後，就一直一蹶不振。

鍾家續希望可以至少改變這一點，不是為了表現給任何人看，而是為了自己所背負的這個名字。

閉上眼深呼吸一口氣，張開雙眼之際，鍾家續集中精神，拿起準備好的小水壺，向前走到壇桌前。

鍾家續將水壺打開，喝了一口之後，用力一吐，前方所有的鬼魂頓時現形。

一旁的曉潔在開壇桌的東方，繼續跳鍾馗。眼前這些鬼魂，都被跳鍾馗的力量所牽引，每個都望向曉潔那邊，目不轉睛看著曉潔手下的鍾馗戲偶。

在這種情況之下，有「跟不著地、眼望偶」的情況，是縛靈的基本特色，光是看一眼，鍾家續就知道眼前的這些靈體，大多是所謂的縛靈。

當這些縛靈匯集過來看跳鍾馗的時候，多半都會踮高腳尖雙眼盯著戲偶看，這主要是因為跳鍾馗多少帶有鍾馗祖師的威嚴，因此這些低階的縛靈，腳跟都不敢著地。同時也因為力量不足的關係，雙眼會直盯著戲偶瞧，與其說是專注地看著，不如說是被跳鍾馗吸引住目光，就算不想看，也沒辦法將視線轉開。

至於縛靈是天、地、人哪一種，對鍾家續來說，這種低階的靈體沒差，三張一起貼，剩下那一張沒燒毀的就是了。

如果是力量強大點的鬼魂，可就不是符燒毀那麼簡單，不過這種低階的孤魂野鬼，多給他一掌逆魁星七式，說不定就消散了，因此不會有太大的問題。

鍾家續退回法壇前，然後從桌上挑出了縛靈的符，回到那些縛靈的身邊。

那些縛靈依然盯著曉潔手下的戲偶看，鍾家續拿起短銅錢劍，走到其中一個縛靈身邊，劍一敲、符一貼，輕鬆就收服了一隻縛靈。

這些靈體魂雖弱，但是符仍可用，所以還是先收起來當作基底，就算是要充充場面也可以。

除了幾個縛靈之外，另外也發現了一些魅靈，鍾家續沒花什麼功夫就順利辨識出來，也一併把他們收入符中，看到鍾家續如此順利，就連曉潔都不知道他怎麼推測的，內心很是佩服鍾家續的實力。

就這樣，當曉潔差不多跳完鍾馗的時候，鍾家續也順利收服了所有前來觀看的鬼魂。雖然這些鬼魂力量都不大，不過也真的讓曉潔多少見識到鍾家續的實力。

不過曉潔不知道的是，鬼王派在實戰方面，確實比鍾馗派還要來得有優勢。

簡單來說，鬼王派就是十二門時代的延續，他們擅長實務，累積下來的多是些比較實用的訣竅。比起本家，還需要從口訣中理解，並且一一去判別靈體的身分，鬼王派功力高強者，甚至只要看一眼，就有足夠的資訊可以辨別了，這就是鬼王派擅長的地方。這些實務經驗傳承許多有用的技巧，都可以幫助鍾家續，快速推斷出靈體的正身。

不過這一次的合作，不只有讓曉潔對鍾家續感覺到驚豔，就連鍾家續也沒想到，在兩人的合作之下，會有這麼大的效果。

雖然鍾家續早就知道，跳鍾馗除了鎮場之外，低階的鬼魂真的會目不轉睛地盯著看，就好像著魔一樣，不過實際上就連鍾家續也沒想到，竟然效力會如此強大，就連魅都可以輕鬆手到擒來。

一旁看著這一切的亞嵐，看到曉潔跳完的同時，鍾家續也快速收服了所有在場的靈體，兩人聯手讓這一切都順利到好像彩排過一樣，讓亞嵐看到忍不住都喝采。

「好棒！」

雖然亞嵐是誠懇地讚賞，不過聽在鍾家續的耳中，卻是心裡酸酸的。

因為他知道自己再棒，終究不如阿吉的一半。

收了壇之後，鍾家續跟曉潔兩人稍作整理，將東西收好，今天也差不多就到這裡了。畢竟先不提妖魔鬼怪，這裡終究是山區，就算沒有任何鬼怪，山路也很危險，因此三人決定今天就到此為止。

靠著儀式三人順利收到了幾個靈體，雖然成果不甚理想，不過也算是多少有點收穫。

現在，手上有了幾張縛妖、幾張初成型的魅妖跟幾張餓靈，確實都是山區常見的靈體。

不過或許是離市區還太近，人氣還是挺旺的，所以收穫並不算理想。

這種程度的靈體，說不定在市區，隨便找一棟年代久遠一點的住宅大樓，也有差不多數量。

不過三人下午才上山，還不到一天的時間，就有這麼點收穫，也不算太糟糕。或許，明天白天努力一下，登高一點，下午再找個適合的地方，說不定明天晚上可以有更好的收穫也說不定。

於是三人循著原路，回到步道，然後回到那個涼亭，拿出睡袋，簡單在涼亭度過一晚。躺在睡袋裡面，亞嵐不免想著，現在三人就好像在海上的漁夫一樣，期待著明天是否能夠豐收。

5

第二天，眾人起了個大早，繼續沿著步道，向山上行去。

按照三人的規劃，今天就會經過那條傳言中曾經出現過紅衣小女孩的山道，因此讓亞嵐非常期待。

遺憾的是，三人還不到中午，就已經抵達那條山路，吃完中餐之後，三人就在那個地點附近，散開測試了一下，靈體的反應比前一天的那個點還要低。

這讓亞嵐非常不能接受，雖然說三人一開始並沒有真正鎖定紅衣小女孩，不過知道遇不到，還是讓亞嵐感到失望。

不過在鍾家續的解釋之下，亞嵐大概也了解到，所謂的靈體顯現，本來就很難時常出現在同一個位置。

這是因為所謂的顯靈，就像打雷一樣，雖然不算少見，但是除非是地縛靈，本來就是被困在同一個地方，不然就跟打雷一樣，雷一打再打，很少打在同一個點的。

所以就算這裡真的是紅衣小女孩的活動範圍，但是除非她只能在這裡活動，不然要想在同一個地點遇到她，就好像期盼雷打在同一個點一樣機率很低。

因此三人只能繼續向上爬，看看能不能在下午天色變暗之前，找到更適合的地方。

結果一直到了太陽下山，都沒有找到比較合適的地點，於是這一天，三人沒有開壇，多爬了段山路之後，便提早就寢了。

第三天考量到昨天都離登山步道太近，雖然不像是城市中那樣人來人往，不過相比之下，也算是常常有人經過，陽氣比起其他地方來說更為旺盛，因此不是很適合找尋這些靈體。

考量到這點，因此三人到了中午左右，便開始離開步道，朝著比較人煙罕至的地方走。

三人挑選了一處比較平坦的樹林走去，並且盡可能維持同個方向，如此一來只要方向不要搞錯，就可以簡單回到步道。

三人就這樣一連走了幾個小時，才稍微分散開來測試一下。

測試了一會，確定地點還不錯後，三人找了塊適合的位置，準備開壇作法，看看能不能聚集到另外一批的鬼魂。

夜色漸暗，鍾家續和曉潔跟第一天一樣，分工合作，由曉潔負責跳鍾馗，而鍾家續則負責等鬼魂聚集之後，開壇作法收鬼。

果然，遠離人煙與步道，是非常正確的決定。

曉潔才剛開始跳，不要說站在宛如觀賞區前面準備開壇的鍾家續了，就連離了一大段距離的亞嵐，也感覺到一陣陣風吹拂而過，真的就像書裡面常常寫到的陰風陣陣一樣。

光就感覺來說，已經比前天上山的那一次，還要來得更為強烈。

等到時間差不多，鍾家續也跟前天一樣，正式開壇作法，鍾家續同樣含了一口符水之後，朝著前方一吐，這一吐之下，就連一段距離外的亞嵐都嚇到了。

只見聚集在那邊的鬼魂，比起前天來說還要來得多之外，其中有些靈體甚至惡狠狠地直盯著鍾家續，看起來就好像很不好對付的模樣。

果然在距離人煙越遠的地方，這些聚集而來的鬼魂與質量，都遠遠比剛上山時還要多。

不過鍾家續這邊也早就已經料到這樣的情況，又或者應該說，前天太過於簡單反而才讓鍾家續感覺到意外吧。

看到了其中有夾雜著幾個沒有完全被跳鍾馗吸引的靈體，鍾家續也不慌不忙，一樣回到了桌邊，拿了幾張符，先收掉了幾個專注看著跳鍾馗的靈體。

一連收掉了幾個比較好收拾的靈體之後，那幾個本來就不是很專注的靈體，這時也都開始躁動起來。

他們朝著鍾家續衝過來，鍾家續這邊仍然沉著應戰，畢竟儘管這些靈體沒有被曉潔的跳鍾馗所吸引，不過跳鍾馗的影響力終究還是有的，在跳鍾馗的效力影響之下，這些靈體不管是行動還是力量，都被大幅壓制。

因此即便他們攻過來，鍾家續仍然可以簡單地用逆魁星七式，加上自己手上的銅錢劍來應付。

不過這些靈體可就沒有那些縛或饑那麼單純了，鍾家續必須先削弱他們的力量，之後再進行判斷，然後使用對應的符。

鍾家續先用拳腳打傷了率先衝來的兩個靈體，發現這兩個靈體是喪的時候，還算可以接受。收掉這兩個之後，接下來的幾個，原本還以為也跟前面一樣，不是喪就是那些低階的靈體，不過一打下去，發現是狂，這下就連鍾家續都捏了一把冷汗。

畢竟像狂這種比較強大的鬼魂，如果處理不好，天曉得會發生什麼恐怖的事情，更不用提如果三人在沒有準備的情況之下，被狂上了身可就非常不好玩了。

不過，都已經上了梁山、跳了虎背，也只能硬著頭皮上了，雖然沒有打算遇到這麼強大的靈體，不過鍾家續還是有準備各種符，退到了桌邊，拿起了收狂之符，從對方被自己的逆魁星七式打中的模樣看起來，應該八九不離十是妖才對，所以鍾家續拿起了專收狂妖的符，朝對方一貼，果然收了起來。

這下就連鍾家續都感覺到士氣大振，就這樣夾著這股氣勢，將其他的靈體一網打盡。雖然後面就沒有出現類似狂這麼強悍的對手，不過倒是出現了幾個魅與惑，同樣是手到擒來，好不輕鬆。

就這樣，這一次的跳鍾馗收符，以大豐收與大成功收場。

上一次也就算了，不過這一次，明明裡面有這麼多比較強大的靈體，但是難易度卻跟上次差不多，甚至連那些比較強大的鬼魂，都能如此手到擒來。

這不免讓鍾家續感覺到懷疑，自己會不會在月下決戰時，被阿吉打到打通所謂的任督二脈，功力因此大幅提升了。

會這麼想也不是沒有原因，畢竟這也不是曉潔與鍾家續第一次聯手了，上次在對付逆妖的時候，兩人也曾像這樣聯手，不過當時是倒過來，跳鍾馗的是鍾家續，而對付逆妖的人是曉潔，當時也沒有感覺到這麼強大的優勢。

不過鍾家續不知道的是，就是因為兩人的順序倒過來，所以沒有辦法體會出雙家優勢的結合。而像今天這樣的聯手，真的就連鍾家續都明顯感覺到渾然不同的感受。用這種分工來聯手，真的跟當年的呂偉跟阿吉聯手一樣，而且同樣的程度，可能連曉潔與鍾家續都很難想像。

一人跳鍾馗，另外一人開壇作法，這種做法在鍾馗派來說，或者是鬼王派來說，都不算是罕見，從某種角度來說，甚至可以算是一種慣例。

畢竟除了在非預期的情況之下遇到了，不然大部分的道長們，都是受人委託，前來開壇，因此在可以有萬全準備的情況之下，兩人甚至多人聯手，都不算是什麼奇怪的事情。

就連那些紅極一時的香港電影恐怖片，林正英道長身邊也總是有文才等徒弟跟在身邊，一起處理這些事務。而現實中其他流派或者電影等與鍾馗派的差別只是在於，不管是本家還是鬼王派，都有跳鍾馗這樣好用的技藝，可以讓徒弟或者聯手者在一旁鎮場，而不是只有乾瞪眼或跑腿的份。

所以像這樣一人跳鍾馗，另外一人開壇，在鍾馗、鬼王兩派都不算罕見。

然而即便如此，威力要真正像阿吉與呂偉道長這樣強大的，恐怕真的到了前無古人的程度了。

最主要的原因，還是在於呂偉道長對口訣的掌握程度，加上阿吉這個百年難得一見的操偶天才在旁邊操偶壓陣，聯手之下產生的威力遠遠超過其他人能夠想像的範圍。而這也正是呂偉道長能夠成為繼鍾馗祖師後，唯一一個收服一零八種靈體的關鍵原因。

單純就理論來說，十二門傳承下來的鬼王派，以強大的實戰經驗開壇應戰，而充滿祖師鍾馗正氣的本家，跳鍾馗甚至可以請到祖師爺壓場，等於把雙方最大的優勢展現出來。

因此在雙方聯手的情況之下，姑且不論各自對哪邊比較熟練，光是天生擁有的效力，就已經有著巨大的差距。

像這樣鬼王派開壇、鍾馗派在旁鎮場的夢幻組合，在分出了鬼王派這個分家之後，就從來不曾出現過。

如今，卻在鍾家續與曉潔的聯手之下實現了，就連兩人都不知道這個讓雙方都感覺到威力非比尋常的真正原因，但是卻能確實感受到渾然不同的狀況。

就這樣，經過了兩次開壇作法，鍾家續這邊已經收到了不少符鬼，而且其中也有些比較高階的靈體，成果還算讓人滿意。

不過因為天色已暗，而且三人走了很長一段路，才來到現在這個地方，根本已經來不及回去了，於是三人在附近找了塊空地，簡單地搭起了帳篷，準備就在這裡過夜。

不過三人不知道的是，缺少經驗的三人，正一步步朝著恐怖的一晚而去。

第5章・元型之靈

1

彷彿聽到了什麼，鍾家續緩緩地張開了雙眼。

世界是一片漆黑，但是卻有些奇怪的聲響。

過了一會，才想起自己現在是在深山之中，睡眼惺忪地看了一下四周，這時不遠處在睡袋中熟睡的曉潔與亞嵐，似乎也被聲響吵醒，從睡袋中鑽出頭。

就在這個時候，那聲音又再度傳來，聽起來就像是個女人的笑聲。

不過不管是亞嵐還是曉潔，兩人也才剛被聲音吵醒，所以不太可能是她們發出來的聲響。

這讓鍾家續不免警覺起來，突然想到或許就是因為三人這樣收鬼，多少也算是靈體的敵人，如果有靈體剛好在跳鍾馗的範圍外，沒有被跳鍾馗吸引，目睹這樣的情況，肯定不會放過三人。加上這裡又是荒郊野外，三人被靈體盯上真的也不是什麼不可能的事情。

意識到這點，鍾家續立刻爬起身。

如果是一般的靈體，不會刻意發出這些聲響，反而會趁三人還在熟睡的時候，直接偷襲，會想要這樣讓人疑神疑鬼的，只有一種靈體最有可能——惑。

看到鍾家續站了起來，其他兩人也從睡袋中爬了出來，三人緊閉著嘴唇，看著四周，這時那笑聲又傳了出來。

「大家保持距離！」鍾家續大叫。

聽到鍾家續這麼叫，兩人也立刻意識到了事情不對勁，三人站成了三角形，各自保持著一定以上的距離。

鍾家續會有這樣的反應，兩人也非常清楚是什麼原因。

即便是還沒有學完鍾馗派口訣的亞嵐，也有過對抗惑的經驗，因此對於惑的了解，三人絕對比其他靈體都還要熟悉，當時在地下街的情景也浮現在腦海之中。

鍾家續非常清楚，現在的情況恐怕跟地下街的時候一樣——那就是三人之中，至少有一個人中惑。

就有如口訣裡面所說的，「中惑者，多不自覺」，因此不管是誰，都沒有辦法確定自己到底是不是那個中惑的人，因此一時之間，三人保持了距離，卻沒有任何人有動作，就彷彿三人在互相對峙一樣。

看到三人這樣的對峙，不免讓亞嵐想到了那個在山上很有名的都市傳說。

一對情侶跟好友一起去登山，途中情侶中的男友與其他人失散了，不過他還是按照原定計畫，來到了山中小屋。

山中小屋裡，其他友人已經抵達，並且告訴男友，他的女友已經墜山死亡了。

聽到這個消息的男友，當然十分悲痛，誰知道這時，門外突然傳來他女友的聲音，男友聽到了立刻衝出去，打開大門就看到了他的女友站在門外，要他快點出來。

女友告訴男友，其他人都發生意外死了，只剩下她一個人活下來，所以小屋裡面的那些人，通通都是鬼。

與此同時，裡面的友人要男友快點回來，因為他的女友已經死了，門外的那個是女鬼，要來把他一起帶走的。

站在大門口的男子，陷入了兩難，不知道自己到底該相信門外的女友還是門內的友人。

這就是亞嵐所知道的那個有名都市傳說，而現在三人似乎也陷入了這樣的情景，不知道中惑的人到底是誰。

沒有亞嵐這麼廣泛的都市傳說知識，不過鍾家續也面對到相同的問題，事實上在場的三個人都面臨著相同的問題。

所以此刻在鍾家續的腦海裡，也想著同樣的問題，此刻被迷惑的人，到底是誰？

當然，如果光從外表看起來，就算是呂偉道長……好吧，或許呂偉道長可以，不過此刻的鍾家續是絕對不可能光是看外表就可以看得出來，到底中惑的人是誰。

也因此鍾家續的腦海裡，不自覺地浮現出一個很好笑的問題。

那就是——如果我是惑的話，我會選擇誰呢？

雖然有點好笑，不過這還真是此刻鍾家續一片空白的腦袋裡面，唯一能理出的一點頭緒。

首先鍾家續的眼光轉到了亞嵐身上，如果選擇亞嵐，對惑來說，說不定是最糟糕的選擇。

因為三人之中，雖然對妖魔鬼怪的概念以及解析的能力，亞嵐有著超越兩人的認知，不過如果要說到功力跟對付鬼魂方面，卻是最弱的。

換言之，惑一旦目標鎖定在亞嵐身上，很可能會被鍾馗派與鬼王派的繼承人鎖定。

雖然說惑根本不可能認識三人，不過身為一個不算弱的靈體，對方不可能不知道，三人對抗自己的力量強弱。所以，惑最不可能鎖定的人，就是亞嵐。

剩下就只有兩個人了，一個是曉潔、另外一個就是自己。

如果考量到過去的情況，就好像鬼王派的訣竅裡面有這麼一句話一樣：「惑戶一開，三年不關。」這個說法，就好像經歷過地震後，有些人在短時間內會產生類似頭暈的狀況，即便沒有地震，也會感覺好像在搖晃。

就像這句話說的，曾中過惑的人，三年之中，都會很容易中惑。

曉潔在地下街中惑，到現在還不滿一年，因此相比之下，比較容易中惑的人，應該還是曉潔。

所以如果把立場放在惑身上，自己是惑的話，那麼目標肯定只有一個，那就是葉曉潔。

因此，鍾家續緩緩地將頭轉向了曉潔。

而就在這個時候，曉潔也剛好轉向了鍾家續，兩人互相凝視了一會之後，曉潔的臉上，浮現出一抹詭異的微笑。

「曉潔又中惑了！」

聽到鍾家續這麼叫著，亞嵐立刻也看向了曉潔。

這時鍾家續發現，曉潔臉上仍然保持著那個詭異的微笑，而且嘴角不停向後拉，就好像先前在圖書館的時候，亞嵐告訴兩人的日本裂嘴女一樣。

看到這景象，不免又讓人想到了地下街的情況。

果然曉潔又再度中惑了，不過這一次，鍾家續不再給曉潔任何機會可以抵抗。

「亞嵐！妳退下！」

鍾家續說完之後，立刻朝曉潔衝過去，或許沒想到鍾家續會直接動手，因此曉潔雖然躲了一下，不過沒幾下功夫，就被鍾家續伸腳絆倒，壓制在地。

鍾家續非常清楚，中惑的一定是曉潔，只有制伏她，才能控制傷害，因此一腳撂倒了曉潔之後，他準備直接給曉潔一掌，將她打暈，如此一來，曉潔就沒有辦法傷害自己跟其他人了。

這麼想的鍾家續，立刻高高舉起了手掌，一掌朝曉潔打下去。

然而……現實真的是如此嗎？

在一陣吵雜之中，曉潔跟亞嵐被驚醒，轉頭一看，鍾家續已經醒來，並且對著空氣，說些奇怪的話。

從鍾家續的舉止，曉潔與亞嵐雖然很快就知道，鍾家續應該中惑了。但才剛從睡夢中被驚醒的兩人，根本都還沒回過神，就已經被迫得要面對這樣的局面。

而且就算是清醒的狀況，眼前的局面也沒有那麼簡單可以處理，在這種情況下，就算是清醒的曉潔，恐怕也不知道該如何將鍾家續從惑中解放出來。

因此面對這突如其來的驟變，兩人腦海裡只想到要逃跑，不過如果把鍾家續一個人丟在深山中，恐怕也會有危險。

就在兩人還進退兩難之際，鍾家續有動作了，他撲向了曉潔，雖然曉潔想要躲，不過鍾家續三兩下就撂倒了曉潔，甚至將曉潔壓在地上，並高高舉起了手掌，朝她狠狠地打了下去。

這一掌打下來，曉潔與亞嵐異口同聲，大叫道：「不要！」

不過這當然不能阻止鍾家續，兩人就只能眼睜睜看鍾家續打向曉潔。

眼看這一掌就絕對可以打暈曉潔，兩人也真的沒有半點辦法可以阻止這一切，誰知道這一掌打向曉潔，卻突然在她面前瞬間停下來。

只見鍾家續的手掌突然一翻，掌心對準了自己，跟著用力朝著自己的臉打下去。

除了鍾家續之外，所有人都傻眼了，完全不知道鍾家續在幹嘛。

不過就在這一掌打到自己之前，鍾家續突然將頭一撇，躲過了這一掌，而手掌掠過了鍾家續的頭，打向什麼都沒有的地方。

雖然什麼都沒有，不過曉潔與亞嵐都聽到了，手掌打到東西的聲音，接著也聽到了一個女子的聲音，痛苦的哀號聲。

就在兩人還沒有搞清楚發生什麼事情的時候，一個身影浮現在鍾家續的背上，看起來就好像趴在他背上，在背影現形的同時，被這一掌打中的身影，再也沒辦法抓住鍾家續，整個被打倒在地。

這下曉潔跟亞嵐也終於看清楚了，那身影是個女鬼，而且應該就是剛剛讓鍾家續中惑的惑靈。

其實鍾家續打從一開始，就猜到自己中惑了。

如果說在下學期與曉潔決裂的那段時間裡面，鍾家續對哪個靈體最熟悉，那麼肯定就是惑了。

除了這已經不是三人第一次對付惑之外，現在的鍾家續，也確實已經不再是什麼初生之犢。

如果當時在地下街，被魅惑的人是鍾家續，或許到了今天，鍾家續還是會中一次，而且絕對沒辦法自身破惑。

不過偏偏那一次中惑的是曉潔，看到那情況，讓鍾家續這個清醒的人，才有真正的警戒。鍾家續也非常清楚，如果當時在地下街，中惑的人是他，那麼在地下街的當下，可能三人都沒有辦法活下來，當時的情況，可能會整個不同。

因為他非常清楚，自己不像曉潔，有足夠的信任與信念，可以突破惑。畢竟不管他有多相信曉潔，不管他的信念有多深，鍾家續也知道，他腦海裡的故事太多，關於自己家族過去的歷史太沉重，惑一定有辦法，挖出他內心最深沉的恐懼，就好像在滅陣之中一樣。

所以在收服了惑之後，鍾家續就不止一次，在控制妥當的情況之下，把惑放出來，讓自己中惑。

雖然知道這樣有一定的危險性，不過他需要知道，中惑的感覺，他需要想辦法從惑中脫逃出來。

由於被收入符中的關係，惑的威力已經大不如前，所以在這種情況中惑，程度自然也不會太嚴重。

因此鍾家續的做法，就好像減毒疫苗一樣，用比較輕的病毒量，來讓身體產生抗體。至於這樣的做法，是不是真的可以像疫苗一樣，讓鍾家續產生抗體，鍾家續也不知道，只是希望自己多少能夠抵抗一點惑的攻擊。

從這個地方，也可以看得出鍾家續的努力，不單單只是不願意服輸的心情，更多的是想要磨練自己的心情。他還是希望自己，可以不負身為鍾家一份子之名，不需要名留青史，但是也不要留下汙名。只是面對鍾馗祖師這樣一個如此優秀、偉大的祖先，不管多少的努力，看起來似乎都很不足。

因此只要一有機會，鍾家續就會拚命地鍛鍊自己。

尤其是那段時間，剛好是鍾家續認為曉潔耍了自己，所以鍛鍊起來更是比平常還要賣力。

雖然說最後在C大的後山，兩人用了那張符形成滅陣，最後也破了滅陣，因此那張符也已經失去了，不過這段時間的鍛鍊，終於在今天開花結果了。

既然曉潔可以想辦法破惑，那麼自己也一定要可以做得到才對。

就是秉持著這樣的心情，鍾家續對於惑的了解也越來越深，加上鬼王派在實戰經驗方面的理解，讓鍾家續對於惑，有了更一步的熟悉與了解。

鍾家續知道惑是個非常會看風向的靈體，會隨著局勢，改變自己的戰法，就像訣竅中所說的「弱隱強伏背」，局勢很差，被控制的人影響不大的時候，他們會選擇隱藏自己，就好像地下街的時候那樣，曉潔很快就意識到自己可能中惑，因此惑就繼續隱藏自己的蹤跡，但是當控制的人，完全失去理性，被自己控制而幾乎可以任由自己玩弄整個局面時，惑便會現身，甚至趴在那個被操控的人身上。

理論看起來很簡單，但是困難的地方就在於，惑會讀心，就算你只是裝裝樣子，也騙不了惑，畢竟他是可以簡簡單單就挖出你內心最深沉恐懼的靈體。

因此如果要把惑騙出來，不只有高超的演技，連內心都需要徹底隱瞞才行。

這就是鍾家續想到的辦法，一個可以超越曉潔的辦法。

曉潔靠的是自身的信念，但是鍾家續知道自己不可能像曉潔那樣，即便拿自己生命作賭注也在所不惜，因此這是他選擇的方法。

那段時間中，鍾家續就是這樣拿自己收服的惑練習，學習欺騙惑的辦法，學習迷惑惑的能力。

鍾家續知道，在自己中惑的時候，曉潔等人一定也會猜得到，因為自己會一直對著空氣或者是兩人，說些牛頭不對馬嘴的話。

當然，這也是鍾家續故意做的，目的也是為了讓曉潔等人知道自己中惑了。

如此一來，根本不需要串通，兩人也會自然而然跟著自己起舞，讓局面逐漸傾向自己這一邊，而這麼做的目的只有一個，就是為了讓惑相信，局面逐漸被他控制。

於是惑就這麼被鍾家續引誘出來，趴在了他背上，嘲笑般地看著這被他玩弄於股掌之間的三人，殊不知真正被迷惑的人，卻是自己，就這樣被一掌擊中。

「妳想不到自己會被迷惑吧？」鍾家續得意地笑著對女鬼說：「告訴妳吧，這個我練很久了，不管是迷惑你們，還是剛剛打妳的那一掌。」

跪倒在地上的女鬼，恨恨地看著鍾家續。

因為事實正如鍾家續所說的一樣，她不只有被迷惑，而且剛剛那一掌也重創了她，現在的她，就連逃走的力量都沒有了。

不過……這不代表她沒有半點反抗的力量。

女鬼恨恨地看著鍾家續，然後突然仰起了頭，這一仰就連脖子都跟著變長了。那女鬼伸長了脖子，就好像日本傳奇故事中，知名的長頸女一樣。

女鬼張大了嘴，突然大聲淒厲地叫了起來。

原本女鬼拉長脖子，就像長頸女一樣，讓亞嵐想起日本傳奇故事，接下來可能會利用那個脖子來攻擊，誰知道這一叫竟然沒完沒了。

過了一會之後，亞嵐才發現女鬼拉長脖子看起來就像是在呼救，只不過這女鬼，還真的是拉長了脖子，讓亞嵐覺得眼前的畫面還真是既恐怖又好笑。

不過當然實際上亞嵐完全笑不出來，因為那尖銳的叫囂聲，感覺就好像有什麼異常恐怖的事情，即將發生。

不只有亞嵐不清楚，就連鍾家續跟曉潔，也完全不知道女鬼到底是怎麼回事，因此兩人也不敢貿然靠近，只能緊盯著拉長著脖子尖叫的女鬼。

三人屏息以待，下一秒，那女鬼的身形整個一扭，就好像毛巾一樣扭成一團，接著好像電視劇裡，那些扮演被人打死的臨演，總是在斷氣之前會宛如抽筋般掙扎一樣，奮力伸展開自己的形體，然後就好像魔術師變魔術一樣，整個消散在空中。

「啊？」等了一會似乎完全沒發生什麼事情，讓亞嵐一臉狐疑：「就這樣？」

不只有亞嵐似乎大失所望，就連曉潔也覺得，這也太莫名其妙了吧？

畢竟不管怎麼看，女鬼都不像是被鍾家續那一掌打死的，而是自己叫一叫之後，就突然消失了。

看到女鬼突然這樣消滅，三人之中，只有鍾家續一人沉下了臉。

「大家小心點，」鍾家續沉著臉說：「接下來可能會很糟糕。」

兩人不解地轉過頭看著鍾家續。

「蠻荒之地或者是陰邪之所，」鍾家續向兩人解釋：「常常都會有大量的靈體聚集，雖然大部分的時間，這些靈體之間可能會發生衝突，不過也有些時候，這些靈體會聚集在一起，成為類似共生一樣的情況。」

當然，這種情況也有收錄在口訣中，因此曉潔也很清楚，只是沒有像鍾家續那樣，很快就聯想到，所以鍾家續說完，曉潔也點了點頭。

這就是口訣裡面所提到的「魂伴生、靈共存」。

山區雖然有時候也會有這樣的現象，不過並不算是太常見，大部分的情況下，這些靈體之間比較容易產生的是衝突，而不是共生。

雖然曉潔已經了解鍾家續的說法，不過亞嵐並不是很清楚，因此兩人也向亞嵐稍作解釋。

在共生這種情況之下，雖然靈體通常還是各自單獨行動，不過一旦群體中有靈體受到威脅，或者是讓他憤怒到了極點，就有可能用生命換取同伴的力量，就跟鬼自蝕的情況差不多，不過共生的狀態之下，就是犧牲自己的性命，換取共生的鬼魂們來替自己報仇。

「對我們來說，」鍾家續搖搖頭說：「或許是好，也是不好。」

「怎麼說？」

「如此一來，」鍾家續說：「方圓數百里之內與她共生的鬼魂，會在很短的時間內朝我們而來。」

「來幹嘛？」

「當然是幫女鬼報仇啊，」鍾家續白著眼說：「不然來聯誼嗎？」

「那我們現在該怎麼做才好？」

「不管我們逃到天涯海角，」鍾家續說：「我們都不可能逃得掉，所以就地迎戰吧。」

聽到鍾家續這麼說，亞嵐突然想到了什麼。

「啊！我想到了！」亞嵐叫道：「我好像有看過這樣的電影，就是一個女鬼的死人頭，爆開了，然後鬼魂就通通跑過來了，也是幫女鬼報仇。」

「然後呢？」曉潔一臉疑惑。

「原來……電影都是真的啊。」亞嵐臉上滿是讚嘆。

聽到亞嵐這麼說，兩人還真的是哭笑不得。

不過現在也真的沒時間給三人感嘆了，畢竟等等這裡將會聚集大量的鬼魂。

因此，鍾家續簡單地在附近找了幾個地點，預先設下一些陷阱。

其實所謂的陷阱，就是用一些符與符鬼，在靈體到符附近時，鍾家續就可以觸發這些符，進而帶給鬼魂傷害或束縛。

這是鍾家續在這緊急的情況下，唯一能想到的補強辦法。

突然，遠處傳來了一陣聽起來就好像動物嚎叫的聲音。

「來了。」鍾家續說。

「可是……為什麼會有好像什麼狼還是狗的叫聲？」亞嵐不解。

「其實所謂的鬼哭狼號，」曉潔向亞嵐解釋道：「就是口訣出來的，口訣裡面說鬼哭似狼號。」

在這種情況下，要面對大量的鬼魂，本家只有一種方法，就是跳鍾馗。

因此跟前一天晚上一樣，由曉潔負責跳鍾馗，不過這一次，因為鬼魂一開始就已經準備襲擊三人，並不是被跳鍾馗引來的，因此亞嵐也不能待在安全距離外了。

所以三人商量了一下之後決定，等等鬼魂襲來時，鍾家續將跟亞嵐聯手，鍾家續拿著銅錢劍在前面，亞嵐跟在鍾家續後面。鍾家續用銅錢劍對付那些鬼魂的同時，判別出靈體的身分，然後貼符的工作就交給亞嵐。

勉強準備好之後，三人立刻各就各位。

三人才剛站定位，大批的鬼魂就到了。

2

在女鬼用最後的生命換來的召喚下，整個山頭的鬼魂都在最短時間內朝三人這邊過來。

第一波的鬼魂，在三人剛準備好，就出現了。

於是一場惡戰就這樣展開，三人照著先前的計畫，由曉潔跳鍾馗，鍾家續跟亞嵐聯手，一起對付不斷出現的鬼魂。

由於鍾家續跟曉潔完全不知道，兩人這樣的聯手可以像是乘法一樣，讓彼此的力量都獲得大幅度的提升。而這個提升，其實是源自於鬼王派跟鍾馗派兩家自身的優勢導致，所以不懂這一點的兩人，反而對於彼此的力量感到不可思議。

鍾家續這邊，看到鬼魂即便在主動進攻的情況下，還是受到曉潔跳鍾馗的影響，因而力量大幅削弱感到驚訝。

畢竟一直以來鍾家續都以為曉潔至少在跳鍾馗這一環，應該實力沒有太強才對，不過如今看起來，就連鍾家續自己都沒把握如果是自己跳的話，會有這麼強大的壓制力。不，事實上如果雙方角色互換，換成曉潔開壇，鍾家續跳鍾馗的話，確實不會有這麼大的效果。

同樣對曉潔來說，看到鍾家續帶著亞嵐穿梭在鬼魂中，手起刀落一路殺過去，就好像「一夫當關、萬夫莫敵」的一代名將一樣。即便是在過去，曉潔也不記得阿吉有這麼神勇，如果沒有經過月下決戰，說不定現在的曉潔真的會認為鍾家續遠比阿吉還要強。

更重要的是，如此穿梭在鬼陣中，不是只需要敏捷的身手與高超的武藝就可以了，面對如此多種的靈體，還需要立刻判斷出對方的身分，使用正確的符，讓曉潔更是佩服鍾家續的能力。

只是曉潔不知道的是，這些受跳鍾馗影響的靈體，本身就已經顯露出一部分的真面目，只要稍加測試，就可以判斷出真實的身分。

畢竟，沒有人看戲還要戴面具的。

即便這一次鬼魂打從一開始襲來，就比先前還要兇猛，不過一進到跳鍾馗的範圍之後，終究還是被跳鍾馗所壓制。

而鍾家續就一路帶著亞嵐，當鍾家續說出魂體的正身，並且稍作攻擊後，亞嵐就用對應的符一貼，將鬼魂收入符中。

兩人將所有匯集而來的鬼魂，一網打盡，一個不漏。

雖然一開始感覺這些鬼魂衝上來很兇狠，不過一進到跳鍾馗的範圍裡，就跟先前兩次沒什麼不同，也讓三人鬆了一口氣。

不要說樂觀的亞嵐了，就連鍾家續跟曉潔，在這個時候也都覺得說不定真的可以順利度過這次難關。

而就在三人這麼想的同時，一陣叫囂的聲響，吸引了三人的注意。

朝著聲響的來源看去，那原本也應該跟其他地方一樣，站滿鬼魂，這時那些鬼魂卻突然散開，留下那個叫聲的主人，佇立在原地。

三人朝那身影看過去，臉色驟變。

那紅色的衣服，還有那宛如小孩的身軀……又在這條登山路徑上。

……怎麼想都只有一個人靈體了。

那就是曾經讓全台灣都陷入恐懼的，紅衣小女孩。

看到了紅衣小女孩，三人頓時有了反應，不過那反應卻是渾然不同。

亞嵐一臉興奮瞪大雙眼，不過真正得要對付她的鍾家續跟曉潔，可就沒有那麼開心了。畢竟他們兩個當然也知道當一個靈體，能夠當到舉國皆知，絕對不是什麼省油的燈。

光是她的叫囂聲，足以讓其他鬼魂退避，也知道她的力量非常強大。

有鑑於此，鍾家續看了一下，發現眾人的運氣還不錯，因為在紅衣小女孩的附近，剛好就有三人事先布置好的陷阱。

鍾家續見了，立刻朝陷阱衝過去，與此同時，紅衣小女孩也發現了鍾家續的動作，立刻朝他攻去。

結果才剛靠近鍾家續，紅衣小女孩就立刻被當成陷阱的縛靈纏住，完全動彈不得，鍾家續見了，順勢衝過去，對準了紅衣小女孩的天靈蓋一刀劈下。

不劈還好，這一刀劈下去鍾家續立刻感覺到乖乖不得了。

會讓鍾家續如此意外，當然不是沒有原因的。

在聽亞嵐說關於紅衣小女孩的事情時，不管是鍾家續還是曉潔都認為，所謂的紅衣小女孩應該就是魅或者是惑，但是現在真正對上了，鍾家續才知道這絕對不是惑與魅的強度。

一刀劈下去，砍中的同時，也有大量的氣冒了出來，這是那種靈體特有的狀況，因此鍾家續也了解到，所謂的紅衣小女孩，竟然是……凶！

這還真是歪打正著，如果不是三人布下陷阱，引這些鬼魂過來。說不定在情況倒過來的情況下，他們三人沒有事先準備，就踏入紅衣小女孩的範圍，三人可能根本沒有多少機會可以跟她抗衡。

這讓鍾家續感到毛骨悚然，因為凶絕對不是兩人可以對付得了的對手。

陷阱加上劈頭這一刀，如果是其他靈體的話，基本上就是重創了。

不過紅衣小女孩痛苦哀號了一聲之後，身形一轉，甩開了纏住她的縛靈，立刻朝鍾家續攻過來。

只見紅衣小女孩身形虛幻不實，一會左、一會右，實在讓鍾家續捉摸不定。

如果不是三人已經事先設下陷阱，加上曉潔還在跳鍾馗壓陣的話，鍾家續現在不可能應付得來，光是她的身形飄忽不定，就夠讓人頭痛了。

不過由於鍾家續砍中了她一刀，在重創的狀況下，大量的氣從她身上冒出來，因此才多少讓鍾家續有了點可以掌握到她動作的機會。

眼下知道自己可能很難是對手，但是鍾家續也沒辦法說逃就逃，畢竟千金難買早知道，既然已經又是陷阱，又是跳鍾馗的，甚至還一刀劈下去了，也不是說聲抱歉就可以走人了，因此鍾家續也只能硬著頭皮上。

這或許就是大家所說的騎虎難下、背水一戰，既然不能逃，就只能打，那就瘋狂地打吧！

鍾家續站穩腳步，打出自己最熟悉的逆魁星七式，搭配著曉潔的跳鍾馗，真的可以說得上是夢幻的組合。

紅衣小女孩速度雖然很快，但是曾經跟逆妖對壘過的鍾家續，還不至於跟不上，而在曉潔跳鍾馗的壓制之下，紅衣小女孩即便偶爾可以在手腳方面取得些許優勢，也會因為這樣的壓制力沒辦法給鍾家續太大的傷害，頂多就是一點皮肉傷。

在此消彼長的情況之下，鍾家續逐漸取得優勢，一開始原本看起來還有點劣勢的情況，隨著鍾家續一拳一腳與手上的銅錢劍，不斷打中紅衣小女孩，讓戰況逐漸好轉，慢慢傾向鍾家續這邊。

亞嵐在一旁看著，臉上的表情也完美地說明了戰況，原本還是一臉擔憂的她，表情隨著戰況逐漸緩和，然後越來越喜上眉梢，到最後幾乎都快要開心地跳起來了。

因為，鍾家續的優勢越來越明顯，再這樣下去的話，那個名震天下的紅衣小女孩，說不定真的可以被鍾家續收服。

連亞嵐都看得出來了，親自跟紅衣小女孩對壘的鍾家續當然更清楚。

眼看紅衣小女孩的力量已經削弱到一定的程度，鍾家續掏出符。

在激烈的交手下，鍾家續早已摸透了紅衣小女孩的正身。

地囚魔，這就是紅衣小女孩真正的名。

在一劍劈中紅衣小女孩後，鍾家續向前一個踏步，將手上的符跟著手掌一起打向紅衣小女孩。

「收！」打中的同時，鍾家續叫道。

原本應該絕對可以了，判斷、削弱都已經做到了，但是這一掌打下去，鍾家續的臉色驟變，手也跟著縮回來，只見手上的符整個燒成灰燼。

不過這非常不合理，因為就剛剛的感覺來說，如果是判斷錯誤，不可能還有吸力，而如果是力量削弱得不夠，也不應該這樣整張符被燒成灰燼。

但是打出這張符，卻沒能收服她，讓鍾家續真的整個人都傻了。

不過鍾家續立刻回過神，因為現在絕對不是想為什麼沒辦法收的時候，畢竟收鬼入符失敗，是收鬼時最大的忌諱，在這種情況之下，靈體會變得兇暴。

因此鍾家續內心一凜，趕緊向後一跳，防止紅衣小女孩趁勢攻擊自己。

果然紅衣小女孩在這一掌過後，大聲咆哮了一聲，雙手不停揮舞，防止任何人靠近自己。

如果剛剛鍾家續退得慢一點，現在說不定已經被那宛如利刃的雙手，揮到遍體鱗傷。

這下情勢很可能又逆轉了，就連鍾家續都知道收鬼不成，多半都得要付出慘痛的代價。

誰知道，紅衣小女孩停止揮舞之後，惡狠狠地掃視過三人，接著再度咆哮起來，同時用手指分別指了指三人，然後身形一閃，整個消失了。

就在鍾家續還搞不清楚，為什麼紅衣小女孩會突然消失的同時，一道曙光透進了森林。

運氣終究還是站在三人這邊，經過一夜的奮戰，天終於亮了。

3

在紅衣小女孩消失之後，一切也歸於平靜，天逐漸地亮了起來。

回想剛剛的情況，鍾家續還是不明白，為什麼會收鬼失敗。

就靈體的判斷來說，不太可能出錯，畢竟兩人剛交手不久，鍾家續就已經判斷出她的正身，而且在對壘的過程之中，也針對她的正身做了許多攻擊，如果出錯的話，不可能可以這麼有效地削弱她，更不可能到了可以收她的地步。因此靈體的判斷是對的，力量也已經到了可以收服的地步，但是地凶魔的符卻毀了。

雖然說，鍾家續的經驗可能沒有那麼足夠，不過基本上像這種狀況應該不會出錯才對，就算真的還有些殘力，也不太可能像這樣讓符整張化成灰。

看著一團灰燼，鍾家續愣愣地望了一會。

「難道說……」鍾家續想到了一個可能性：「她是元型之靈？」

這恐怕是鍾家續唯一可以想到的可能了。

「不過如果是這樣的話……」鍾家續感覺到自己喉頭都熱了。

真的是作夢也想不到，會遇到這樣的靈體。

雖然，鍾家續先前就已經跟她們解說過，關於鬼王派抓鬼的事情，不過因為這種靈體，其實非常少見，因此當時鍾家續也只是介紹個大概，並沒有包含這種比較例外的靈體，因此才需要跟兩人稍微解釋一下。

「如果把靈體看成跟水一樣的物質，」鍾家續說：「那麼這些符咒，就好像裝水的容器一樣。大部分的鬼魂，在被收服之後，會失去很多原本的樣貌，就好像水倒入容器之中，變成了容器的樣貌。」

兩人似懂非懂地點了點頭。

「也就是說，」鍾家續接著解釋：「假設我們抓到了十個地縛靈，這些地縛靈在被收服之前，有著完全不同的強弱，不過一旦被抓入符中，基本上就差不多了，不管使用哪張符，都是差不多的效果，大概就是這樣的意思。」

「喔。」

「不過有少數的靈體，」鍾家續說：「可以保有原來的形體，他們不會遷就各種制式的符，這就是所謂的元型之靈。」

「元型之靈？」

「嗯，正因為這種靈體的特殊性，」鍾家續激動到臉色有點漲紅：「所以想要收服這樣的靈體，只能用特別的符，這就是為什麼，我們明明已經有機會收服她，但是符卻反而被燒成灰燼，因為一般的符沒辦法收服這樣的靈體。」

亞嵐與曉潔似懂非懂地點了點頭。

「要收服這種靈體的符，」鍾家續說：「除了本身符紙很特殊之外，還必須用血硃砂來寫符文。」

說完之後，鍾家續從自己的袋子裡面，掏出一個類似鉛筆盒般的鐵盒。

鍾家續將鉛筆盒打開，裡面有三張一眼就可以看得出不管是色澤還是厚度，都跟一般符紙有點不同的黃色符紙。

「這三張就是……？」

「嗯。」鍾家續點了點頭。

至於符紙的來源，就連鍾家續也不知道，他父親鍾齊德只給了他三張，而鍾家續過去，也不曾想過自己真的會用到這三張。

因為就他所知，要遇到這種靈體的機會，真的是少之又少。說不定全台灣就這麼一個紅衣小女孩。

「不過你說，」亞嵐提出自己的疑惑：「一般的靈體就好像水一樣，但是我看陰陽師啊，好像不是這樣耶，他們每個靈體，都好像你說的那個什麼元型之靈，如果我沒有記錯的話，那幾個跟在安倍晴明附近的女鬼，就是式神啊。」

聽到亞嵐這麼說，鍾家續不免有點哭笑不得，就連一旁的曉潔，也笑著搖搖頭。

當然不需要鍾家續說，亞嵐也知道小說的世界，到頭來可能真的跟現實不一樣。

因此，就算現實跟小說不一樣，似乎也算是理所當然的事情。

只是好不容易知道了，原來現實跟小說有那麼多一樣的地方，當然多少還是會將小說跟現實搞混。

「那終究是個虛幻的世界。」鍾家續笑著說。

不過鍾家續不知道的是，或許這個他所認知的世界，也只是另外一個虛幻的世界，也或許是我們所有人所生活的世界。

從某個角度來說，都像是電影《楚門的世界》一樣，都只是虛假、自以為是的世界。

只是一直沒有機會真正崩毀，露出它最真實的一面。

「所以，」亞嵐問：「只要有這樣的符，就一定可以收服她了？」

聽到亞嵐這麼問，鍾家續也不知道該怎麼回答。

「理論上是可以，」鍾家續搖搖頭說：「不過如果可以的話，當然還是希望不要真的用到。」

雖然昨天真的有機會可以收服她，不過不管是鍾家續還是曉潔，都沒有把握再來一次是不是還有辦法將她收服。

「問題是，」曉潔也非常清楚眼前的狀況：「這可能不是我們可以選擇的。」

聽到曉潔這麼說，鍾家續也只能點了點頭。

是的，一旦惹上了凶，不是說走就真的走得掉的，這點，曉潔最清楚了。

4

對於凶的恐怖，曉潔可說是有著切身之痛，當年就是因為惹了凶靈，不但犧牲了陳伯的性命，最後還是靠著小悅的幫忙，才得以保住一命。因此對於凶的恐怖，曉潔可說是有最深刻的理解。

就是因為這樣，曉潔才會說，三人並沒有選擇權。因為一旦被凶盯上了，就算逃到天涯海角，可能也沒有用。

不過三人還是希望可以試著看看有沒有希望可以下山，至少在人氣旺盛一點的地方，也比較好一點。

因此三人在補眠之後，看準了方向，朝步道的方向行去。

明明就方向來說，三人應該早就已經回到步道才對，不過卻感覺似乎走不出這片森林。

就這樣走了幾乎一整天，走到都要天黑了，還是沒有辦法回到步道。

「算了，」鍾家續搖搖頭說：「我們還是保存一點體力吧。」

在接近黃昏之際，鍾家續這樣建議。

當然不需要鍾家續解釋，兩人也知道，絕對是紅衣小女孩搞的鬼。

儘管是凶魔，但是像魅與惑這樣，把人留在原地的能力，她還是做得到。

既然把人留下來，那麼目的當然只有一個，這也正是為什麼鍾家續要大家保存一點體力的主要原因了。

其實在發現了走不出森林的時候，曉潔跟鍾家續就已經商量過一次了。

確實，如果是紅衣小女孩搞鬼的話，兩人多少可以試看看要不要破對方的術，不過考量到這樣破術，可能會發生許多不可預測的結果，而且可能會耗損掉一些符鬼的情況之下，兩人覺得還是算了。

畢竟就算是真的破了對方的術，到頭來相信還是得要面對紅衣小女孩，不如保留實力，等到她自己現身還來得比較有利。

這就是兩人商量之後的結果，因此過了中午吃過飯之後，三人減緩了步行的速度，休息的頻率也比上午還要來得高，也是為了這個原因。

至於三人持續移動的原因，就是希望對方持續對三人施法，多少消耗一點對方的力量。

三人於是在附近找了一塊地，接下來的問題就是該如何對付紅衣小女孩了。

對付一個地凶魔，就連鍾家續都覺得棘手。

其中一個最重要，也是跟昨晚不一樣的地方是，他們沒辦法直接先用跳鍾馗來迎戰，甚至連對方什麼時候會發動襲擊都不知道，情況跟昨天比起來，處於完全相反的狀況。

而就紅衣小女孩本身的屬性來說，凶是十二個靈體之中比較特別的一個，正所謂「累氣成怨、累怨成凶」，由於一開始，各種氣呈現出來的模樣都不一樣，因此即便成為凶，也會有許多不同的樣式。

就像早上的時候，三人沒辦法回到步道，就是魅與惑最擅長的招式，但是或許就是因為長期待於山上，即便是凶也可以輕鬆讓三人宛如鬼打牆，走不出森林，就是最好的例子。

因此如果說惑是獨當一面的測驗，那麼凶絕對可以說是畢業考，只有真正對許多靈體都很熟悉的人，才有可能對抗得了凶。

除此之外，魔也是讓鍾家續與曉潔感覺到頭痛的對手。

打從盤古開天以來，另外一個世界充斥的妖魔鬼怪，幾乎都是以魔為主。

但是隨著時代變遷，越來越多的魔因為各種原因而消滅，而越來越多的靈與妖誕生，導致這千萬年後，反而是靈與妖充斥於世，魔卻是罕見的靈體了。

正所謂「百年成靈、千年修妖、萬年誕魔」，靈多半都是人死後變成的，因此形成一個靈體只要百年，妖則是人之外的動物死後形成的，但是因為比起人來說，缺乏靈性，多半也都需要修行多年才能成型，而想要危害世界，大多都是千年妖精才能夠做得到。至於魔就更不容易了，誕生一個新魔，需要萬年的光陰。在這種此消彼長的情況，加上先天形成不易，導致世上的魔越來越少。

尤其是越到高階，那些魔就越不容易出現，其中幾乎可以稱為一百零八種靈體之首的天逆魔，世上更是只有十二尊，少見的程度由此可見一斑。

在中階與低階的情況之下，魔還沒有那麼少見，但是一旦上了高階，每個魔都會變得十分難以對付。

這就是即便知道很可能逃不出去，鍾家續跟曉潔還是希望試試看的原因了。

如果可以選擇的話，凶魔絕對不是兩人想要對付的對手。不過既然逃不出去，也只能硬著頭皮跟對方打了。

考量到接下來可能發生的情況，其中最讓兩人頭痛，也是最麻煩的就是上身了。

在這種情況之下，如果被她上了任何一個人的身，又什麼法器與對應的方法都沒有的話，等於立刻就得要犧牲至少一個人，因為紅衣小女孩絕對可以上身直到那人被打死為止。同時如果因為顧忌到上身的人，讓另外兩人不敢動手，也絕對會被上身的那人打到死為止。

這絕對是三人最不想見到的情況。

因此防備紅衣小女孩上身，就是鍾家續跟曉潔最主要的考量。

這個狀況跟當年曉潔與阿吉在五夫人廟裡面對抗凶靈的時候，完全不同，比起當時，阿吉反而利用了凶靈這點，來對抗凶靈。不過就連當年的阿吉也說了，這是所謂的別道，現在當然不可能比照辦理。畢竟三人的身體素質，都遠遠勝過小悅，三人手上也沒有法力無邊的鍾馗法傘可以對付她。

所以如果真的上身了，情況很可能一發不可收拾。

於是在商量過後，三人決定還是像先前那樣設下陷阱，而主要的陷阱，當然是圍著三人之中，功力最弱的亞嵐。跟昨天不一樣的地方是，昨天陷阱幾乎都是分布在各個地方，但是今天如果是要守護亞嵐的話，當然就會布置得比較密集，能夠纏住與傷害紅衣小女孩的程度也比較強。

這完全都是為了希望阻止紅衣小女孩靠近亞嵐，進一步上亞嵐的身。

接著才是曉潔，本身就有功力的她，只需要一些陷阱多少也算是提醒一下，應該就可以了。至於三人之中，功力按理說最強的鍾家續則拿著自己的戲偶警戒，畢竟陷阱大部分都已經用在曉潔與亞嵐身上了，鍾家續也只能先這樣將就一下。

三人也模擬了一下各種可能的情況，如果紅衣小女孩一開始就打算附身亞嵐，那些圍繞著亞嵐的陷阱不但可以守護她，還可以讓紅衣小女孩無所遁形。對三人來說，這也算是準備得最妥當的一個點。兩人可以趁紅衣小女孩被陷阱纏住的時候，用這幾天的模式，一人跳鍾馗，一人主攻，聯手對付紅衣小女孩。

如果紅衣小女孩察覺到陷阱，那麼有可能轉而襲向曉潔，雖然不像亞嵐那邊布滿陷阱，不過也有些符鬼多少可以幫助一下曉潔，在這種情況之下，還可以靠魁星七式跟紅衣小女孩抗衡一下，然後鍾家續這邊就會立刻跳鍾馗，來支援曉潔。

至於最後如果紅衣小女孩選擇鍾家續，那麼鍾家續就會用自己的戲偶，先用跳鍾馗與之抗衡，雖然身邊沒有陷阱，不過靠著跳鍾馗多少還是可以抵抗，而且鍾家續還可以用前三步來試試看紅衣小女孩的實力。

在試驗完之後，只要鍾家續可以退回來，就可以跟曉潔、亞嵐會合，用設置在她們那邊的陷阱給予傷害，然後由曉潔開壇、鍾家續跳鍾馗的形式，一起對付她。

這就是鍾家續等人，面對這種狀況之下，勉強可以端得出來的戰術。

只是面對的是地凶魔，不管是誰，都沒有把握這樣的方法真的可行。

現在也只能祈禱，對方真的會在沒有察覺陷阱的情況之下，找上亞嵐。

在一切都準備妥當之後，接下來就是等待了，等待著紅衣小女孩發動攻擊。

三人各就定位，以三角形的形狀分站三個角落，靜靜等待著紅衣小女孩的到來。

跟昨天晚上完全不同的是，今晚雖然知道對手是誰，而且只有一個，但是帶給三人的壓力與恐懼，卻是昨天的數倍之多。

就連鍾家續，都感覺到緊張，握著操偶棍的手不停冒汗，讓他每隔幾分鐘就要稍微擦一下自己的手，以免因為手掌太過於潮濕，到時候操起偶來有所閃失。

就這樣一連等待了幾個小時，等到三人都昏昏欲睡的時候，突然一陣冷風吹拂而過，三人立刻驚醒。

紅衣小女孩來了！

還沒有看到紅衣小女孩的身影，鍾家續的身體就已經感受到了那股強大的力量。

猛一回頭，果然看到了紅衣小女孩。

不過這倒是完全出乎三人所預料的範圍了，因為紅衣小女孩，第一個鎖定的目標，竟然是鍾家續。

5

在三人規劃的作戰計畫中，三人既然同時被凶魔給鎖定，照正常的想法，應該會是先襲擊三人之中，比較沒有抵抗力的亞嵐才對。

就是因為這麼預期，所以三人在亞嵐身邊布下的陷阱最多，相對地幾乎沒有半個陷阱設在鍾家續的附近，不過這個情況三人也不是沒有想過。

因此一看到了紅衣小女孩出現在自己的身後，鍾家續立刻照著原定的計畫，踏出腳步，揮出雙手，開始跳起鍾馗。

在跳鍾馗的同時，也可以掂掂看對方有幾兩重。

多少了解一下之後，鍾家續就會退下，然後聯合三人的力量，一起用陷阱與魁星七式，就算打不贏，也至少可以把紅衣小女孩擊退，這是三人擬定好的作戰策略。

紅衣小女孩本來想要直接撲向鍾家續，不過由於鍾家續早已有所準備，所以一看到紅衣小女孩就立刻踏出第一步，阻止了紅衣小女孩的動作。

在跳鍾馗的情況之下，就算是地凶魔，也沒辦法躁進，停在原地觀察著鍾家續的一舉一動，看到這個情況，也讓鍾家續這第一步踏得更穩更有力。

不過當鍾家續踏下這第一步的時候，那阻力立刻讓鍾家續感覺到驚訝。

為什麼對方還有那麼強大的力量？

明明在先前就已經讓她受傷了，不可能才短短這麼點時間就可以恢復。

為了更加確認一點，鍾家續踏出第二步，這一步比起第一步來說，更加艱辛。

儘管如此，鍾家續知道自己還可以再一步，多少也可以削弱一點紅衣小女孩的功力。

於是鍾家續踏出第三步，這一步就是所謂測試步的最後一步了。

這一步踏下去，鍾家續也算是清楚明白紅衣小女孩的力量了。很強，不愧是名震全台的有名鬼魂。

如果不是在這樣的情況之下，或許遇到這樣的對手，鍾家續會毫不猶豫地要大家撤退。偏偏三人已經沒有退路了，所以鍾家續知道，現在自己應該照著計畫實行，先退下再說吧。

鍾家續這麼告訴自己，眼神也不自覺地望向了紅衣小女孩。

彷彿看透一切，冷冷地站在遠方，看著自己的紅衣小女孩，臉上掛著一抹詭異的微笑。那模樣，就好像把這一切都當成了遊戲一樣。

看到紅衣小女孩臉上的笑容，讓鍾家續一肚子火。

畢竟自己這邊可是在玩命，但是對方卻是一臉不在乎的模樣，真的讓人看了就生氣。

「妳以為……我們是在鬧著玩的嗎？」鍾家續咬牙切齒地說。

不管功力有多高，也不管收鬼時多有把握，每次收鬼伏妖，都是拿自己生命作賭注。收魂為己用者，都是一場生命的賭注。因為每個魂魄，都是一條生命的結晶，因此拿出相同的籌碼，本來就是該有的態度。這是鬼王派的弟子，每個人都有的覺悟。

這讓鍾家續有了一股想要再往前踏的衝動，畢竟說到底，就算退了，也不見得真的就可以對付她。

如今來到了關鍵的第四步，對鍾家續來說，真的就好像在人生的十字路口一樣。

看著紅衣小女孩的笑容，鍾家續瞬間感覺，向前踏，可能會死，不過也有可能踏出自己的未來。但是一退，就是逃，然後永遠只能活在悔恨中，想著自己如果當初踏出那一步，會有什麼樣的風景。

可是，就連第三步都如此艱難了，如果硬要踏出第四步，到了生死相關的地方，這戲到底還能不能跳得下去，就連鍾家續自己都很懷疑。

如果踏出去，這條命也算是豁出去了。

不過，比起踏出去，後退更讓鍾家續覺得難堪。

一個聲音，在鍾家續的靈魂深處吶喊著。

「我不要再繼續當個弱者！」那聲音在腦海中響起：「我要變得更強！」

鍾家續心中頓時浮現出「不變強、毋寧死」的感覺。

就是因為這樣的想法與覺悟，鍾家續根本不管那麼多了，如果自己終究是個扶不起的阿斗，終究是個廢物，那麼就在這裡死一死，也算是死得其所吧？

如果自己終究還是可以繼續成長，終究是個可塑之才，那麼自己就應該可以跨越這個障礙！

就在這種一拍兩瞪眼的覺悟之下，鍾家續斷絕了自己的後路，肩膀向前一挺，冒著「要嘛成功、要嘛成仁」的想法，強迫自己踏出那隻腳。

用力一踏，第四步的腳就這麼踏出去了！

踏是踏出去了，方位也夠準，但雙手卻完全被壓制住，手上的壓力，比起剛剛腳步踏出去之前還要沉重。

由於操偶需要講求力道恰到好處，因此鍾家續不敢施展全身力量，所以一時之間完全動彈不了，就跟當時月下決戰時面對阿吉一樣。

不過差別在於，月下決戰時，鍾家續使盡了全力也沒辦法動彈，而現在卻是怕動了手上的戲偶失控。

只是如果這樣下去，那跟當時對付阿吉，不就沒什麼兩樣了？

要擺脫這樣的困境，一定要先用力量壓過這股壓力才行，不過一旦使盡全力，就連鍾家續都不知道自己這場跳鍾馗還跳不跳得下去。

可是……現在也沒辦法不試試看了，因為剛剛的那一步，踏出去的不只是向對方逼近一步，更重要的是也斷了自己的退路。

如今，只能勇往向前了。

「阿吉可以！我也一定可以！」鍾家續在心中吶喊道。

接著鍾家續心一横、牙一咬，將雙手用力揮出去，力量瞬間突破了手上沉重的壓力，順利揮了出去，而手中的鍾馗戲偶，也跟著雙手一起被甩了出去。

既然到這個地步，鍾家續也決定就像腦海裡的阿吉一樣，試試看能不能讓自己手上的戲偶，就好像阿吉手上的一樣強。

豁出去的鍾家續，將鍾馗戲偶甩出去之後，看準了戲偶飛行的方向，在快要靠近預定地點之後，雙手立刻向後回拉，鍾馗戲偶就好像甩出了一條沾水毛巾一樣。

這樣的操偶，鍾家續這輩子恐怕連想都沒有想過，更不可能想像自己在實戰中，連試都沒有試驗過，就如賭注般將自己的鍾馗戲偶甩出去。

鍾馗戲偶飛出去之後，跟著被鍾家續這麼一回拉，雙手雙腳打了出去，竟然筆直打中了小女孩。

雖然有點歪打正著，而且跟阿吉那細緻的操偶動作，完全不可相提並論，不過這一次力道也算是拿捏得恰到好處，至少做到了腳不亂、動作扎實、方位準確，這樣就夠了，不需要那些華麗多餘的動作，光是這一下，便足以將威力釋放出來。阿吉讓人咋舌的地方，就是那些多餘且華麗、擬真的動作，本來就是用來唬人，吸引他人注意力的招式。

紅衣小女孩被鍾家續的這一下擊中臉部，向後一仰，嘴裡也發出了淒厲的哀號聲。

光是使出這一下，鍾家續就覺得自己的操偶技巧，或多或少又朝阿吉靠近了一點點。

或許，光是看阿吉操偶，就已經讓鍾家續的想像力大為爆發，就像廣告詞中所說的「想像力就是你的超能力」。

有了這樣想像力的支援，讓一切不可能，都似乎變得有一點可能性了。

如果是正常的情況之下，鍾家續絕對不可能這樣操偶，不過就因為看到了真正天才高手的操偶，才讓他多少了解到操偶的可能性。

這也正是為什麼，許多職業運動選手，都會把觀看他人或自己的比賽，當成一種常規訓練的項目之一的原因。

因為光是這樣觀看別人的動作，就可以激發出自己的想像，讓自己甚至可以做出平常不曾想過的動作。

眼看一擊得手之後，鍾家續立刻想要乘勝追擊，收回戲偶之後，重整自己的戲偶，立刻踏出第五步。

當然，紅衣小女孩也不是吃素的，能夠橫行台灣山頭數十載，本身就有一定的威力。

雖然剛剛被打了那一下，確實元氣大傷，不過也立刻重新站起來，重整自己的態勢。

此時此刻，紅衣小女孩臉上的笑容也消失了，取而代之的，是那充滿怨恨的臉龐。

紅衣小女孩瞪著鍾家續，突然張大了嘴，露出了宛如猛獸般的尖齒，朝鍾家續撲了過來。

既然已經沒有回頭路了，鍾家續也知道，最後的結局不是自己死，就是紅衣小女孩亡。

這樣一來，便不需要有任何退路了，如果不全力以赴，就只能赴死。

紅衣小女孩的動作很快，不過鍾家續這邊也早就已經預備好與之對抗，眼看小女孩衝過來，鍾家續立刻改變步伐，躲過小女孩的同時，也維持著跳鍾馗時候的態勢。

雖然被紅衣小女孩纏上了，不過鍾家續也知道，先別論稍早前三人的陷阱與跳鍾馗對她造成的傷害，就連剛剛也重創了她，不然現在的她也不會纏上自己，就是怕自己繼續跳下去。

所以只要能夠繼續跳下去，說不定就真的可以打倒她。

雖然是這麼想，不過紅衣小女孩根本已經瘋了般，拚命纏著鍾家續，就算撲空了，也毫不氣餒，不斷朝鍾家續攻過去。

鍾家續根本沒有辦法好好跳鍾馗，在威力沒有辦法發揮出來的情況之下，根本壓制不住紅衣小女孩。

「曉潔，」亞嵐急問：「現在妳不能跳鍾馗幫他嗎？」

當然，如果可以的話，曉潔早就跳了。

「不行，」曉潔說：「因為他已經跳了，而且還沒收壇，同時出現兩個跳鍾馗，兩個都會失效，畢竟鍾馗祖師只有一個啊。」

「那現在怎麼辦？」亞嵐問：「只能眼睜睜看他一個人奮戰嗎？」

曉潔嘆了口氣，畢竟先不要說他已經踏出了第四步，光是戲都沒收，兩人實在很難插手，貿然衝進去，不只可能讓鍾家續亂掉，還有可能讓紅衣小女孩更有優勢。

這就是為什麼跳鍾馗會清場的另外一個原因了。

曉潔跟亞嵐解釋完後，接著說：「不過，目前看起來，鍾家續還沒有完全輸掉，他至少戲還維持著。」

是的，即便一直被追著打，不過鍾家續手上的鍾馗戲偶還是維持著姿態，偶爾還會踏個幾步維持一下。

只是場面看起來很怪，看起來就好像一個端著熱湯的服務生，想盡辦法不在他人的干擾之下，打翻手中的熱湯一樣。

儘管紅衣小女孩不斷攻擊，但是鍾家續這邊，還是維持著一定的姿勢。

當然，曉潔與亞嵐沒辦法過來幫忙，曉潔知道，鍾家續自己也知道。

自己已經踏出了第四步，沒辦法回頭，只能跳完這場決鬥之戲，一切都得靠自己……

不，他不只有自己。

鍾家續突然想到，雖然說在先前布置陷阱的時候，花掉了一些，不過還有一些符收在自己身上，如果把他們叫出來的話……

雖然說，在跳鍾馗的時候叫出符鬼，對鬼王派的人來說，也算是基本功，不過鍾家續只有練習時用過，不曾在實戰的時候使用。

現在已經沒有機會好好練習了，只能祈禱自己可以順利。

這時紅衣小女孩又撲了過來，做好準備的鍾家續一退，穩住戲偶的同時，將右手的操偶線移到左手，然後掏出一張符。

這一招就是鬼王派的人一定要學會的招式，當然如果真的讓阿吉來用，阿吉也可以使用得很輕鬆，畢竟他操偶還真的只需要一隻手就可以了。

不過對鬼王派的人來說，要在操偶的同時喚出小鬼，畢竟是必修的功課之一。

交替手與維持戲偶的動作，對鍾家續來說一點也不困難。

雖然動作看起來很炫麗，但是跟阿吉那種真正騰出一隻手有著天壤之別，那挪出手來的瞬間，也只夠讓他們用個鬼符，如此而已。

只見鍾家續瞬間將戲偶操控移到左手，右手用兩指夾住了一張符，口中唸唸有詞了一會之後，將手向前一甩，手上的符瞬間閃燃成灰燼。

與此同時，地面上產生一道刮痕，那痕跡就好像有隻土撥鼠在地底拚命向前突進般，一路蔓延朝著紅衣小女孩而去。

那痕跡以極快的速度朝小女孩衝過去，跟著在距離小女孩不到幾公尺的地方，一個身影從地板竄出來，一個靈體就這樣撲向小女孩。

這個靈體正是他們前幾天在山腰上抓到的縛靈，那縛靈一衝上前，就撲在紅衣小女孩身上，死命抱著。

這就是收服之後的縛靈，最擅長的事情——困住、纏住敵人，也是縛靈最好的功效。

完全沒想到鍾家續的動作可以如此帥氣，讓亞嵐看得瞪大了雙眼。

被縛靈纏住的紅衣小女孩，只能伸手將縛靈抓下來，一腳踩滅縛靈，但也錯失了攻擊機會。

而光是這麼一點時間，已足夠鍾家續重整態勢，立刻再多踏出一步。

跳鍾馗的威力，立刻讓紅衣小女孩一連退了好幾步，拉開了兩人的距離。

鍾家續這邊也不著急，在繼續踏出新的一步之前，左右手再度互換，同時一連又叫出了幾個靈體。

就這樣一連數次，轉眼鍾家續的前面，已經出現了七、八個靈體，他們有的像是護衛隊一樣，保護著鍾家續，有的則開始對著紅衣小女孩，隨時準備發動攻擊。

紅衣小女孩見狀，立刻再度朝鍾家續撲過來，不過很快就被鍾家續召喚出來的小鬼纏住，同時鍾家續這邊又向前踏了一步，跟著又喚出幾隻小鬼，紅衣小女孩又被擊退。

一旁的亞嵐看著鍾家續這樣跳鍾馗，有了一種奇怪的感覺，看起來真的跟平常兩人跳鍾馗的情況完全不一樣。

此時在鍾家續與紅衣小女孩之間，有著一堆其他的靈體，他們一起面對紅衣小女孩，儼然就好像一支軍隊一樣。

不只如此，雖然鍾家續說，所有靈體在變成符鬼、符靈之後，都會變得差不多，不過此刻被鍾家續叫出來的那些縛靈、縛妖、餓靈等等，威力看起來都比先前跳出來的那些縛靈還要強悍。

然後這支小小的軍隊最後，還有一個指揮官，正是鍾家續手底下操控的鍾馗戲偶。

當然亞嵐不知道的是，她的判斷很正確，這時候鍾家續手下的鍾馗戲偶，其實代表的人物，跟過去兩人跳鍾馗的時候，有著完全不同的身分，這時候的戲偶，代表的人物正是鍾馗祖師的另外一面——鬼王鍾馗。

而這樣的跳鍾馗，正是鬼王派的真正力量。

整體來說，此刻鍾家續對付紅衣小女孩所展現出來的跳鍾馗，正是「鬼王壓陣、諸鬼均奮」。

跳鍾馗在這個時候，發揮了完全不同的力量。

不要說曉潔了，就連鍾家續也是第一次見識到這股力量。

雖然說過去鍾家續知道，這是他們跳鍾馗的時候，可以使用的辦法，不過長久下來的習慣，還是讓鍾家續習慣在跳鍾馗的時候，專心在操偶，御鬼對付敵人的時候，專心御鬼。

不過如果鍾家續跟阿吉一樣，從小就習於這種戰鬥，經驗夠老到的話，他也不會到現在才知道自己的跳鍾馗，竟然蘊含著這等強大的力量。

有別於這兩個人，現在才見識到這種御鬼壓陣的威力，曉潔卻在先前已經看過這樣的力量，只是她當時還以為是那個人特別強大，不知道其實是因為這樣的跳鍾馗，威力才可以那麼強大。

上一次曉潔看到這種壓陣攻擊的人，正是阿畢，在J女中，跟阿吉對抗時展現出來的力量，就連當年的阿吉，都沒辦法擋住阿畢的這種壓陣攻擊。

那時阿畢血染戲偶，在J女中決戰的最後，就是像現在的鍾家續一樣進入這種「鬼王壓陣、諸鬼均奮」的狀況。

就算是強如阿吉與刀疤鍾馗，都不是阿畢的對手，如果不是最後用了真祖召喚，當時輸的就是阿吉了。

不過當時曉潔真的以為，會有這樣的狀況，都是因為阿畢本身功力高強的關係，殊不知鬼王派的跳鍾馗，是要在叫出符鬼的情況之下，才能發揮他最大的力量。

雖然說鬼王鍾馗的力量，還是要看操偶人的技藝與功力，這點鍾家續可能還不如阿畢，不過光是現在的力量，也絕對超過曉潔與鍾家續自己的想像。

原來，這就是我們鬼王派的真正實力嗎？

當然，鍾家續也知道現在絕對不是自我陶醉的時候，趁機打倒對手，才是自己應該做的事情，於是打鐵趁熱的他，一連踩了幾步，同時也多召出了幾個靈體，來到了最後一步，鍾家續將手一抖，熟練地讓自己手下的戲偶，擺出了魁星踢斗的姿勢。

與此同時，鍾家續大聲叫道：「上啊！」

所有符鬼，一起撲向紅衣小女孩，每個靈體都好像不要命的自殺炸彈客一樣，直直撞上紅衣小女孩，頓時就像引發了一場小型的爆炸一樣。

就是現在！

鍾家續將手伸到嘴邊，咬破自己的指腹，掏出那僅有三張的符，在上面立刻寫下咒文，一寫完鍾家續本人也擺出了魁星踢斗的樣子，手上夾著那張符。

「地凶魔，這就是妳的真名，收！」

鍾家續說完之後，將腳一踏，手一伸向紅衣小女孩的方向，手上的符就好像強力吸塵器一樣，將數公尺遠外的紅衣小女孩，整個吸入符中。

紅衣小女孩也發出了淒厲的哀號，不過卻完全沒有辦法抵抗，就這樣被收入符中。

整片森林也頓時像是訓練有素的交響樂團，在指揮的一個收尾之下，瞬間從喧囂轉為鴉雀無聲。

亞嵐與曉潔愣在原地，看著這反差極大的場面。

不知道是鍾家續收回，還是那些鬼魂在攻擊紅衣小女孩的時候，已經耗盡所有力量，又或者是自己突然看不到這些靈體了。總之前一秒還在激戰的狀況，下一秒伴隨著突然消失的聲響，眼前的樹林也只剩下鍾家續一個人而已。

「收、收到了嗎？」亞嵐問。

「應該吧？」曉潔回答。

可能是用力過度，也可能真的是激情過後的虛脱感，鍾家續雙腳一軟，整個人坐倒在地上。

想不到……竟然……真的成功了。

「解決了嗎？」曉潔問鍾家續。

不過整個人都好像虛脱了的鍾家續，實在沒有足夠的中氣可以回答曉潔，只能勉強舉起一雙手，伸出了大拇指。

兩人見到了，當然也知道結果，雖然沒出什麼力，不過曉潔跟亞嵐還是抱在一起歡呼。

鍾家續的臉上，也終於在月下決戰之後，靦腆地露出了一抹微笑。

元型之靈、紅衣小女孩，想不到自己竟然可以……

真想讓自己的父親鍾齊德，看到或聽到這件事情啊。

這麼想著的鍾家續，淚水也流了下來。

雖然說最後的結果，對三人來說非常好，不過，這絕對不是三人原本的計畫，更重要的是，鍾家續根本就是置之死地而後生。

開心之餘，這還是個讓人感覺到驚險的結果。

不過更讓兩人不明白的是，既然有了比較安全的作戰計畫，為什麼鍾家續還要這麼拚呢？

一共用了十多張符，才勉強制伏住了紅衣小女孩。

如果紅衣小女孩沒有在之前就被兩人傷到的話，說不定這一次上山收服的其他鬼魂，全部都花光了也不見得收得了她。

不過這個結果，真的也讓曉潔感覺到驚豔，想不到兩人竟然能夠繼逆妖之後，連這個凶魔也收得了。

這也真的讓曉潔覺得，自己可能要重新評估一下鍾家續的能力了。

雖然說，在兩人聯手的時候，已經讓紅衣小女孩受到重創，不過不管怎麼說，前後兩次鍾家續都是主要的主力。

由於曉潔還記得，自己當時遇到了這樣的凶靈，阿吉還得帶著自己千里迢迢到台南借鍾馗四寶，後來還靠小悅的幫忙，才勉強解決那個凶靈。

如今鍾家續不但也對付了凶，而且還是比靈還要更恐怖的魔，更不用說對象竟然還是那個台灣知名的紅衣小女孩。

如此一來，比起當年的阿吉，說不定……現在的鍾家續還比較強？

不過當然，當年的阿吉，可沒有雙家合璧聯手的雙人合作攻擊，也沒有先傷了凶靈之後才動手。

只是光就這個層面來看，如今的鍾家續，說不定已經跟當時的阿吉差不多了。

至少，不應該完全被人壓著打才對啊？

6

雖然就結果來說，算是最好的結果。

不過對於鍾家續沒有照著計畫，還勉強地踏出了第四步這件事情，其實曉潔跟亞嵐，都十分不解。

因此，兩人商量之後，等鍾家續好好喘口氣，還是想跟他談一下這件事情。

因為兩人一致認為，這一次雖然結果很好，但是鍾家續的行動有點太莽撞，甚至不要命了。

或許一開始，鍾家續確實希望可以多少削弱一下紅衣小女孩的力量，讓接下來的計畫可以更加順利。

不過到最後，他卻選擇踏出第四步，直接跟紅衣小女孩決一死戰。

如果先前鍾家續沒有跟兩人解釋，第四步的關鍵，或許兩人現在還完全看不出來，鍾家續剛剛內心的掙扎與猶豫。

很顯然，剛剛的前三步探步，鍾家續就知道自己很可能不是對手。

照他的說法，這時候就應該退，退回來跟兩人聯手，或者是另外找機會。

但是，鍾家續還是踏出了第四步，置自己的生死於度外。

「你為什麼要這麼拚呢？」亞嵐不解：「如果在這邊死掉的話，不就本末倒置了？」

「就是說啊，」曉潔也頗有微詞：「我們不就是為了生存下去才……」

「當然不是……」鍾家續沉痛地說：「如果想要活下去，我只要改個姓，不就可以了嗎？」

聽到鍾家續這麼說，兩人不約而同地闔上了嘴，因為想不到兩人原本指的只是對付紅衣小女孩的事情，但是鍾家續卻把整個視野放到了這一切事件上。

不過當然，三人之所以會前來，就跟鍾家續所說的這一切，確實有著絕對的因果關係，所以鍾家續也不算離題，只是氣氛突然變得十分沉重。

「不是嗎？」鍾家續恨恨地說：「放棄自己鍾家的身分，就可以過一般人的生活了，不是嗎？」

曉潔跟亞嵐非常清楚，鍾家續的這個問題，與其是提出來問兩人的，不如說是提出來自問自答的。

「問題就在這裡了，對不對？」鍾家續苦笑：「從小，我就一直以鍾馗祖師的子孫為榮，我認為有這樣的祖先是件很酷的事情……」

一旁的亞嵐，點頭點得十分用力。

當時在後山之戰的時候，她也覺得有鍾靈這樣的親戚也一樣酷，更不用說祖先是鍾馗祖師了，簡直就是酷上加酷。

「變強，」鍾家續無奈地說：「一直都是我小時候的目標。變強的目的與原因，只是為了生存，就像妳們說的一樣，只是為了讓自己活下去，為了那些不知道遍布在那裡的敵人，為了那……不知道會什麼時候在公園看你練功的敵人……」

不需要鍾家續解釋，兩人也知道那位在公園看他練功的人，說的正是呂偉道長。

「因為想要活下去，」鍾家續接著說：「就要變強，我不敢有片刻鬆懈，因為怕死、因為那些恐怖的故事、因為那殺人不眨眼的本家，這就是我小時候想要變強的原因。」

雖然鍾家續說得輕描淡寫，但是兩人的心情也隨著鍾家續所說的，跟著沉重了起來。

不管任何時代、地點，一個涉世未深的小孩，要為自己的生存而努力，都是件讓人覺得悲哀的事情。

「後來，」鍾家續面無表情地說：「隨著年紀越來越大，慢慢就了解到，其實……這條看似宿命般的道路，是有個出口的。只要捨棄這個身分，只要捨棄這個家族，只要像個喪家之犬一樣，夾著尾巴逃走就可以了。所以，我到今天還叫做鍾家續，不就是因為不願意這樣嗎？」

兩人淡淡地點了點頭。

「所以，」鍾家續苦笑著說：「對妳們來說，也許……我只有剛剛好像不要命的樣子，不過對我來說，只要還叫做鍾家續的一天，就是不珍惜生命了啊。」

聽到鍾家續這麼說，曉潔想要說點什麼，但是卻不知道該說什麼才好。

尤其是聽到鍾家續變強，就只是為了讓自己可以有點尊嚴地活下去……

「對、對不起。」曉潔低著頭說。

「當然不是妳的錯，」鍾家續笑著說：「不過就像我說的，那些都是過去式了。現在，我又有了新的原因。過去就是像妳說的，只是為了有點尊嚴地活下去。不過今天不一樣，我要變強，不單單只是為了活下去而已，不，正確一點來說，今天的我特別不想死，至少不想就這樣死。我一定要變強，除了生存下去之外……」

鍾家續轉向曉潔。

「我還要讓妳我的約定，」鍾家續說：「可以真正實現。什麼本家與我們之間的紛爭，我希望在我們這代徹底終結。因為我們都是鍾馗祖師的後代，我繼承了血，你們繼承了技，這兩者本來就不應該分開。」

原本還以為，鍾家續在自怨自艾，想不到卻是這樣的轉折，讓兩人不禁點了點頭。

「我們都錯了，」鍾家續語重心長：「不管是殺害哪一邊的人都不對，就好像鍾九首的時候一樣，我們不應該殺害鍾九首的，所謂的九首詛咒，就是在告訴我們這一點，可惜的是，我們家都沒有人想到這一點。現在，或許是阿吉沒有想到這一點。只要能想通這一點，就應該知道，我們不應該再鬥下去了。」

「那麼，」曉潔淡淡地說：「你就更應該珍惜自己一點，不要這麼拚命。」

「如果不能變強，」鍾家續低著頭說：「那麼在這裡死了，似乎也無所謂了。因為我死了，紛爭也會結束。不過，當然我不希望是這樣結束，只是與其看著我們雙方，繼續這種無所謂的爭戰，不如讓其中一方消失，還來得乾脆一點。」

聽到鍾家續這麼說，原本曉潔還想說些什麼，不過最後還是閉上了嘴不發一語。

三人上山，本來是為了可以得到足以作為基本能力的符鬼，以便可以得到些跟阿吉對抗的力量，如今，他們確實獲得到了比他們想像還要多的收穫，這一次的收鬼之旅，也算是成功了。對鍾家續來說，當年父親給了他這三張符紙，在父親已經過世的現在，就彷彿遺物一般。如今，三張中的一張，已經收有那個全台知名的紅衣小女孩，也算是意義非凡。尤其在鍾齊德已經往生的此刻，這張收有紅衣小女孩的符，對鍾家續來說，就像是父親的遺物一直守護著自己一樣。

在親自對壘到宛如阿吉那般的大魔王之後，原本就一直籠罩著三人的那陣烏雲，總算是露出了一絲曙光，讓他們看到了一點希望。

畢竟他們三人想要的，不是真正可以打倒阿吉的力量，而是可以讓阿吉冷靜下來，相對等的力量。

如果使用得當，加上其他條件都對己方有利的情況之下，或許紅衣小女孩真的可以提供這樣的力量。

於是三人商量一下，決定先下山，結束這場旅程，之後再看看怎麼做。

下山的路上，曉潔一直反覆咀嚼著鍾家續的話。

所謂的強，到底是什麼呢？

如果不要把視野放在狹隘的鍾馗派與鬼王派身上，而是放諸四海皆準的話，所謂的強，到底是什麼？所謂的優秀，又是什麼呢？

在現今的社會，人人都得接受教育，都得上學與其他同學一起學習，而教育需要有目標，隨著目標的不同，著眼的東西也不一樣。

這也正是為什麼，此刻曉潔深深困擾的原因。

鍾家續說自己從小到大，唯一的目標就是變強，但是所謂的強到底是什麼？

如果沒辦法釐清這一點，當然也不知道該怎麼去做、怎麼去學習，這就是現實。

真的只要拳腳有力、功力拔群，就可以戰勝一切了嗎？

如果是這樣的話，他們三人又為了什麼在收集鬼魂呢？

阿吉的強，不就代表了一切嗎？

鍾家續認為，如果拳腳夠強，那麼就可以實現許多道理。

這點她一點也不明白，不過社會的現實，曉潔倒是看得一清二楚。

每個人都說職業不分貴賤，每個人都說收入不代表自己的身分，但是那都只是口號而已，真正的事實卻完全不是這樣。

現實生活中，像這種用收入與職業來評論一個人的情況，從來不曾改變過，甚至幾乎每個人，都會犯下這樣的錯。

可是，難道就沒有半點可以改變的空間嗎？

阿吉真的是因為這樣，才蠻不講理嗎？

不知道為什麼，曉潔卻不這麼認為，她認為就算沒有力量，阿吉似乎還是會這麼做……因為那個該死的義無反顧。

不過不可否認的是，如果當時鍾家續或自己，真的有可以制止阿吉的能力，那麼月下決戰之際，絕對會有不一樣的結果。

不過就連曉潔都不敢說，不一樣的結果到底是好還是壞。

但是至少有一點，曉潔是認同鍾家續的，那就是三人至少真的需要有可以抵抗的力量。

如此一來，就算阿吉真的錯了，自己也多少有點讓阿吉冷靜下來的力量。

這不單單只是為了鍾家續，同時也是為了阿吉。

至少現在的曉潔確實是這麼相信的。

第6章・府都之變

1

儘管一度有生命危險，不過三人也算是完成了這次預定的任務。不，更正確的說法是，三人得到了遠遠超過預期之外的結果。

雖然一開始設定了目標，多半含有些開玩笑的成分，不過最後能夠真的抓到紅衣小女孩，簡直宛如夢境般順利。不過對三人來說，此趟山區收鬼之旅，也要告一個段落了。

因為鍾家續帶來的符也已經差不多用光了，這也算是另外一個期待之外的結果。

雖然知道山間野鬼多，鍾家續也已經多準備了一倍的符，想不到還是用完了。

因此三人也只能下山，他們很快就找到了一條步道，順著朝山下走，想不到才走沒多久，就看到遠處有人家，似乎很快就可以回到人類活動的範圍了。果然少了紅衣小女孩的干擾，一切都變得順利許多。

不過真正讓三人感覺到震撼的卻是在下了山後，這時才發現他們居然已身在台南郊區了。

「難怪那些失蹤的人，」亞嵐看了路標之後，喃喃地說：「不管怎麼找都找不到，因為整個空間都不對了。」

在紅衣小女孩的影響之下，人都不知道走到哪裡去了，根本不能用原本的空間感來衡量。這就是為什麼總是會迷路，為什麼救難人員，永遠都找不到人的真相吧？

不過，對曉潔等人來說，這倒是無妨，就當作是一場奇幻的旅程吧。

反正三人下山之後，也沒有真正的目的地，因此來到這裡，似乎也沒有什麼不好。

於是他們用手機定位規劃回市區的路線之後，便搭車準備先回到台南市區。

三人的計畫是先在台南休息個一天之後，再看看要搭火車回台北還是另行規劃前往別的地方。

雖然說這一次，真的如三人所願，不但收到了為數可觀的靈體，其中甚至還包含了一個三人想都沒有想過的強大元型之靈，也算是大豐收。

不過這樣是不是就足以對付阿吉，可能還需要評估與商量一下。

雖然還不至於到流浪漢的地步，不過三人確實已經在山上待了幾天，真的需要找個地方好好休息一下。

三人乘坐的車子轉入台南市區，隨著路上的景色，越來越有都市感的同時，曉潔的心中也不知道為什麼，突然浮現不安的感覺。

這種感覺很奇怪，跟一般會有的那種惶恐不安不太一樣，就在曉潔還不太清楚自己這感覺從何而來的時候，突然想到了類似這樣的感覺，似乎以前也有過。

這種感覺不太像由感官而來，而是有種從心裡散發出來的感覺。就好像當年在大學迎新晚會的時候，突然聞到了臭味，但是那感覺就不太像是直接聞到，因為即便用手摀著口鼻，那味道還是揮之不去一樣。

換句話說，這很可能不是一般的感覺，而是修行過後的特別感應。

這種特別的感應，其實就是修行過的道士，會對靈體產生一些身體不適的生理反應。

一想到這裡，曉潔不自覺地看向了鍾家續，坐在曉潔斜前方的鍾家續，這時也回過頭看著曉潔。

果然，鍾家續也感覺到了。

光是看鍾家續臉上的表情，曉潔就知道這感覺確實是那種感應。

接下來的問題就是，帶給兩人這感覺的地方是在哪裡。

畢竟兩人也算是修行好一段時間了，因此產生這樣的感覺，也算合理。

不過曉潔也有感覺，這似乎跟先前的情況不太一樣。

一開始兩人還試圖看著窗外，尋找一下可能給兩人帶來這種感覺的地方。

只是就跟外面稍縱即逝的看板與招牌一樣，車子並沒有因為兩人在找尋就停下來，繼續穿梭在台南市區。

不過不可思議的地方就在這裡了，按理說車子遠離了，這樣的感覺也應該逐漸淡化消失，可是曉潔跟鍾家續卻一直感受到那股感覺。

這到底是怎麼回事？

從鍾家續臉上疑惑的表情，曉潔知道這絕對不是自己一個人的感受而已。

這樣的感覺，一直持續到了三人下車還是揮之不去。

雖然說這樣的感覺，確實很不尋常，不過由於三人經過了山上的激烈一戰之後，一直沒能好好休息，因此一時之間也沒辦法管那麼多。

三人先找了間旅館住了進去，曉潔跟亞嵐一間，而鍾家續自己一間。

兩人簡單梳洗一下之後，便早早上床休息，才剛躺下去，過沒多久便發出了輕輕的鼾聲。

2

也不知道兩人到底睡了多久，一陣急促的電鈴與拍門聲，將兩人驚醒。

兩人洗完澡躺上床的時候，窗外的天空還是一片光明，驚醒過來朝窗外看了一眼，已是一片漆黑。

睡眼惺忪、一臉驚慌的兩人，簡單披上了外衣，打開大門，就看到鍾家續一臉凝重地站在門外。

「趕快換好衣服，跟我來。」鍾家續對兩人說。

兩人於是簡單梳洗一下，換好了衣服之後，走出房門，鍾家續已經等不及，帶著兩人朝著電梯的方向走。

她們問了鍾家續發生什麼事情，鍾家續只表示要兩人跟著他，看了就會知道。

鍾家續帶著兩人，搭了電梯，然後一路直達旅館的頂樓。

抵達頂樓，出了電梯，鍾家續帶著兩人轉入樓梯間，繼續向上走，向上一層就是飯店的屋頂，到了之後，鍾家續毫不猶豫地打開了通往屋頂的門。

亞嵐看了，內心揪了一下，腦海裡浮現幾年前，那段在自己心中曾經留下陰影的影片。

那就是曾經轟動一時，一直到現在仍然沒有辦法有任何人做出解釋的「藍可兒事件」。

案件中，藍可兒就是像這樣打開飯店大樓屋頂的大門，最後卻被人發現陳屍於水塔中。

不過最讓全世界所有人驚駭的是，藍可兒在上屋頂前，在電梯內外所留下的那段詭異影像。當時監視器畫面拍下藍可兒在發生意外前，搭乘電梯時做出一些詭異的舉止，而這段畫面也透過各種網路媒體，傳送到世界各個角落。

聯想到這件事情已經夠糟糕了，最糟糕的還是，在睡覺之前，曉潔跟她說的怪事，就是她跟鍾家續在進入市區之後，就一直有怪異的感應。

由於亞嵐練習的時間還很短，積極度也沒有像曉潔跟鍾家續那般，幾乎可以說是學興趣的，所以還沒能夠感應到這類的事情。

但是不可否認的是，在說完之後，被人叫醒就這樣糊裡糊塗地帶到屋頂，還是讓亞嵐覺得有點驚悚，聯想到「藍可兒事件」似乎也是理所當然的事情。

不過在亞嵐還在猶豫之際，曉潔跟鍾家續已經一前一後踏入大門。

如今想起來，鍾家續的行為確實有點怪怪的，明明應該已經累癱了，卻精神那麼好地跑來把兩人叫醒，接著什麼都不說，就把兩人帶來屋頂，怎麼想都覺得不太對勁。

不過看到兩人都已經進去了，亞嵐也只能硬著頭皮跟上去。

跨過大門的同時，亞嵐下定決心，如果沒事回到了樓下，一定要強迫曉潔跟鍾家續看一下那讓她產生陰影的影像。

這麼恐怖的東西，不能只有自己看到。

來到屋頂之後，鍾家續帶著兩人來到了女兒牆邊，然後將一樣熟悉的東西，交到兩人的手上。

亞嵐與曉潔兩人，看著鍾家續給她們的東西，然後互相看了一眼，臉上的表情也不約而同地變得凝重。

因為鍾家續交給兩人的東西，是泡過符水的柚子葉。

當然不需要鍾家續解釋，兩人也知道這個東西的用途，到了這個時候，亞嵐也早就知道現實跟電影演的一樣，只要用泡過符水的柚子葉，就可以開眼，看到一些平常看不到的東西。

果然……這個屋頂有些什麼事情嗎？就跟那個藍可兒事件一樣嗎？

這麼想著的亞嵐，深呼吸一口氣之後，跟曉潔一起，用柚子葉朝自己眼皮一抹，如此一來，就算是開眼了。

亞嵐緩緩地張開雙眼，本來以為只要一抹，就會看到這個屋頂不只有他們三個人的身影，不過看了一下四周，除了三人之外，確實沒有其他不尋常的人影。

這麼想的不只有亞嵐一個人，身旁的曉潔也是看了一下屋頂，沒有看到任何身影。

「所以你要我們看……」

曉潔話還沒有說完，就看到鍾家續用手指著北方的天空，順著看過去，這個問題也不需要問完了。

雖然現在已經是夜晚，不過還是可以看到透著月光，在不遠處的天空，籠罩在城市上方的紫色煙霧。

兩人看到這景象，不由得都張大了嘴，看著這彷彿嚴重空汙的景象。

然而，三人都非常清楚，這不是一般的景象，因為三人是用柚子葉抹了眼皮之後，才看到這團紫氣，因此這團紫氣，絕對跟所謂的妖魔鬼怪有關，不是一般的空汙這麼單純。

雖然說，身為古都，台南有著相當悠久的歷史。

而就像俗話說的，有人的地方就有江湖，有江湖的地方就有恩怨，有恩怨的地方就有死人，有死人的地方嘛……就有鬼魂。

不過如果這些都是鬼魂橫行產生的霧氣的話，那規模也太過於嚇人了。

雖然還不知道這些紫氣是怎麼回事，不過三人也知道，這個現象絕對不正常。

看著那團紫霧，讓亞嵐想到了自己曾經看過的一部電影《魔鬼剋星》，原始的版本大約在二、三十年前上映，一直到現在都還被奉為經典，幾年前還曾經推出過翻拍成女性成員的版本。

此刻的台南天空，看起來就好像《魔鬼剋星》一樣，電影裡天空也是這樣冒著詭異的氣體，因此才讓亞嵐第一時間聯想到那部電影。

「有人開啟了什麼門嗎？」亞嵐搖著頭說：「什麼冥府之門之類的，等等，這真的也太邪門了一點，說是巧合，這也真的太過於巧合了。」

「什麼意思？」曉潔問。

「我哥寫小說，」亞嵐說：「有個很詭異的地方，就是他常常正在寫的稿子，現實生活就發生類似的事情，例如他有一次寫稿子的時候，寫到地震，結果稿子還沒寫完就真的有地震，寫到重大的搶劫案，同樣在稿子還沒寫完，就真的發生了重大的搶案，連他自己都覺得恐怖。」

「然後呢？」

「他最近……」亞嵐吞了口口水說：「有寫到冥府之門，就是大量鬼魂湧入人間的狀況。」

「可以讓妳哥改行嗎？」曉潔白了亞嵐一眼：「不然就寫一點溫馨的東西，像是愛情小說之類的……」

「說得好像真的是我哥搞出來的。」亞嵐委屈地說。

「重點還是在，」鍾家續說：「台南到底發生什麼事情了吧？」

是的，這才真的是該死的地方，光是看到這個景象，加上兩人心中那揮之不去的不安感，才真的是他們該關注的地方。

一旁的亞嵐，看著鍾家續與曉潔板著一張臉，看著遠方的模樣，無奈地搖搖頭。

「等等，」亞嵐笑著說：「別這麼憂國憂民啊！這種情況對現在的我們來說，不是正好嗎？」

「啊？」兩人一臉訝異。

「我們現在需要大量的鬼魂，不是嗎？」亞嵐一臉理所當然地用手比了比那團紫霧：「噹啷，這就是最好的場所了，對吧？」

對於亞嵐這異常的樂觀，真的讓曉潔與鍾家續兩人哭笑不得。

不過，當曉潔將目光向下移，想要看看紫氣下面是什麼樣時，沒想到，卻看到了一個熟悉的地方。

那是曉潔曾經去過的地方——頑固廟。

「頑固廟，」曉潔轉頭問鍾家續：「你有聽過嗎？」

「妳說的是，」鍾家續淡淡地說：「原本是本家的大本營，後來成為南派的本廟的那座廟？」

「喔？」曉潔有點訝異：「你也知道頑固廟？」

「如果本家有任何一座廟宇，」鍾家續笑著搖頭說：「需要知道的話，可能不是妳所在的么洞八廟，而是頑固廟。」

鍾家續會這麼說，不是沒有原因的，比起么洞八廟，頑固廟的歷史更為悠久。

而且更重要的是，因為頑固廟的那塊地相傳是鍾九首留下來的，也是本家大舉遷移來台灣的時候，最開始的根據地，因此對鍾家來說，確實更加有歷史性的意義。

「那陣妖氣，」曉潔說：「看起來似乎就在頑固廟的方向。」

雖然只造訪過台南幾次，對台南也不是很熟悉，不過對曉潔來說，恐怕最熟的就是頑固廟了。

「那裡……到底發生什麼事情了？」曉潔喃喃地說。

3

先不提那紫霧般的氣體籠罩台南市區的事情，對三人來說，還是有些事情必須優先處理。

像是鍾家續，因為在山上幾乎消耗掉所有的符，因此回到台南市區，鍾家續需要先補點符紙。

過去，光是張羅這些法器與用品，對鍾家來說，就不是件容易的事情。

像是父親鍾齊德也算是煞費苦心，畢竟在過去兩派相鬥的歷史之中，曾經有過本家透過這些特殊用品的買賣，循線找到鬼王派一家的前例，而當時被找到的鬼王派一家，也為此付出慘痛的代價。

因此採買這些特殊用品時，鍾家也算格外小心，不但要經手好幾個不同的人，也有固定合作的幾個店家。

不過如今，鍾家續也算是走在陽光下了，因此也不再需要顧忌那麼多。

在跟旅館稍微打聽了一下之後，鍾家續找到了一家賣祭祀用品的店鋪，鍾家續走進店裡，顧店的是一位約莫年過半百的婦人，那婦人一聽到鍾家續要買符紙，而且一買又是幾百張，眉頭一皺，一臉狐疑地打量了鍾家續。

由於像這樣大剌剌走入店家要買符紙，對鍾家續來說，也算是初次的體驗，因此看到老闆娘的神情，內心不免緊張起來。

只見老闆娘打量了一會之後，無奈地搖搖頭說：「這些符紙，不是讓你們拿來玩的，你們這些年輕人喔……」

「啊？」鍾家續聽了一臉狐疑。

雖然說道士這一行，多少也算是一個夕陽產業，許多道長年紀也有些偏大，但是光是這樣用外表看一眼，就認定自己是要買來玩的，會不會也未免太過於歧視人了？

正當鍾家續想要開口解釋時，那婦人又說話了。

「符紙的話，我們已經賣完啦，」婦人說：「你們是把符紙當成便利貼嗎？前幾天來一個，現在又來一個。」

鍾家續聽到婦人這麼說，詢問之下才知道，原來前幾天也來了一個，跟鍾家續差不多年紀的年輕人，也是一次要買個好幾百張符紙。

由於符紙這種東西，大部分都是長期訂購，就算有些散戶臨時跑來買，大概也都是一兩組就可以打發，因此店裡面本來就沒有如此大量的存貨，上一個人來買的時候，就已經把全店的貨都賣給她了，貨都還來不及補，又來一個掃貨等級的客人。

尤其前後來採買的人，都是年紀差不多的，不滿二十歲的年輕人，因此才會讓老闆娘認為，他們是年輕人流行好玩。

「上一個客人我不知道，」面對婦人的質疑，鍾家續也只能無奈地說：「不過我的話，別想那麼多，阿姨，我知道它們是符紙，不應該買來玩。」

眼看婦女還是有點懷疑，這時候鍾家續也只能搬出么洞八廟的名號，告訴婦人自己是跟著么洞八廟的廟公南下，本來應該要負責準備這些用品，可是忘了帶，所以才前來購買。

婦人聽了揮揮手，一臉隨便你說的樣子，不耐煩地說：「總之符紙沒貨啦，我已經叫了，你過幾天再來吧。」

雖然看到婦人的態度，讓鍾家續有點不太想買，不過這裡人生地不熟，旅館距離這裡又比較近，為免又有人一次把符紙買光，因此鍾家續先訂下了這批符紙，並且將錢付清。

收到了錢，婦人的態度還是不怎麼好，要鍾家續留下手機號碼，過幾天再來看看。

如果不是真的需要這些符紙，光是這婦人的態度，就讓鍾家續有種想乾脆直接搭高鐵回台北自己家中拿還比較愉快的衝動。

拿了收據，結束這次非常不愉快的購物初體驗，鍾家續回到旅館，兩人已經在旅館大廳等著鍾家續的歸來。

三人在旅館的咖啡廳，找了位子坐下來。

「現在呢？」亞嵐問。

鍾家續把剛剛購物的經驗，跟兩人分享。

除了感受到店家讓人不悅的態度之外，也對銷售一空的符紙，感覺到不尋常的味道。

尤其是考量到現在台南的狀況，實在很難不讓人產生聯想。

「果然那個紫霧，」亞嵐睜大雙眼，略顯興奮地說：「跟電影裡面一樣，會讓妖魔鬼怪橫行，所以台南的符紙消耗量，才會那麼驚人，連店家都賣到缺貨吧？」

大部分的時候，亞嵐這種跟電影產生連結的想法，很多都是非常天馬行空的。不過這一次，就連曉潔在看到那團紫霧之後，也跟亞嵐有著同樣的想法，認為最有可能的情況，就是靈體們會宛如遊客般，漫步在台南市區的大街小巷之中。

說是這樣說，可是三人到了市區，也沒有看到那種猛鬼逛大街的景象。

除了感覺到不安之外，似乎也沒有什麼特別不尋常的景象。

一切都跟平常似乎差不多，就是一般的街頭景象。

至於其他細節，由於三人都不是出身台南，甚至可以說是跟台南市區完全不熟悉，所以也說不上到底有沒有什麼地方不對勁。

因此聽到了亞嵐的推論，曉潔也點了點頭表示贊同。

或許就是這樣，才會導致符紙缺貨，而三人之所以沒有看到鬼魂橫行於街頭，就是台南地區道士們努力之下的結果。

這樣的推論聽起來，是個非常完美並且合理的結果。

可惜鍾家續搖搖頭，推翻了亞嵐的推論：「不，照店家的說法，那些符紙是被一個人掃光的，而且買的人跟我年紀差不多，所以才會害我被人懷疑是想要買符紙當成便利貼來用。」

三人為此討論了一會，猜測那人或許是廟宇負責採購的人員，才會購買大量的符紙，而這也是三人唯一可以討論出的結論。

「那我們呢？」關於符紙缺貨的討論告一段落之後，亞嵐問。

原本三人就已經打算，在鍾家續買好符紙後，就要來討論接下來該怎麼辦，因此亞嵐也算是把話題轉回原本的重點。

雖然說這一次在山上，有了堪稱豐收的結果，不過這些靈體也都是山區常常會出現的靈體，種類有點貧乏，如果真的要對付阿吉，還是希望可以多收集一點不太一樣的靈體。

畢竟，每個靈體能發揮的效果截然不同，所以只要鍾家續手上的符種類越多，他們就越有機會面對各種不同的狀況。

不過，至少目前有了很不錯的基礎，這點是可以肯定的。

然而，不管三人現在打算怎麼做，在鍾家續這邊幾乎沒有符紙的情況之下，可能也還是需要等到符紙到貨之後，才能夠有所行動。

「符紙還需要一點時間，」鍾家續對兩人說：「所以現在基本上，不管做什麼都不是很合適，也只能等了。我已經付了訂金，應該這一兩天就可以到貨了。」

畢竟說到底，符紙也不算是什麼太難調的貨，一兩天確實很足夠。

換句話說，三人也可以將這等待的日子，當成突如其來的假期，好好休息一下。尤其是打從暑假開始之後，三人就為了這些事情東奔西跑，根本完全沒有自己的休息時間。

或許這樣的等待，讓三人有了一兩天的假期，尤其是三人對台南並不熟悉，趁這個機會好好逛逛，也是一件相當不錯的事情。

雖然說曉潔對台南並不算熟悉，不過既然來到了台南，曉潔就想到一個人。

對於台南的印象，讓曉潔第一個想到的除了頑固廟之外，還有一個。

那個人對曉潔來說，可以算是救命恩人，那就是在五夫人廟裡面的那位小姑娘。

因此，曉潔向兩人提議，打算先去看看小悅。

4

由於現在還是一大早，距離小悅平常活動的傍晚還有段時間，因此曉潔剛好可以簡單跟兩人說明一下小悅特別的情況。

小悅是個可憐的少女。

多年前，當時還年幼的小悅，原本有個幸福的家庭。但一場意外，讓他們被凶靈盯上，雖然先後找了幾個師父，但是都沒有辦法解決。

後來那幾位師父輾轉找上呂偉道長，等到呂偉道長介入的時候，為時已晚，小悅的其他家人，都已經被凶靈殺死了，就連小悅都很難保住一命。

最後呂偉道長使用了別道，勉強救了小悅一命，處理掉那個凶靈，只是代價就是，小悅必須待在五夫人廟，不能離開。

「等等，」鍾家續沉下了臉：「只能在陰廟裡面生活？」

這點對長年以來就學習鬼王派技巧的鍾家續，感覺到有點不解，鍾家續不解，亞嵐當然更是不解。

鍾家續想了一會，還是不知道為什麼要這麼做，因此只能搖搖頭。

「這麼做的原因是什麼？」

曉潔聽了聳了聳肩，搖搖頭說：「這個我也不知道，阿吉就是這麼說的。」

既然曉潔不知道，鍾家續也沒辦法，畢竟這是他師父那一輩處理的，曉潔連參與都沒有，所以不知道似乎也很正常，至少鍾家續是很能接受，不過一旁的亞嵐那疑惑的臉色，卻是依舊。

「可是……」亞嵐歪著頭說：「這麼做的原因跟道理是什麼，按理說，曉潔妳應該知道的不是嗎？因為妳師父都已經把口訣傳承給妳了。」

被亞嵐這麼一說，曉潔突然覺得很有道理。

是的，從理論上來說，當時的曉潔不清楚，或許還情有可原，但是現在的曉潔，已經學會了所有的口訣，應該要知道才對。

這或許就是大家所謂的盲點，確實，如果呂偉道長把自己所有外道的東西，都整理成口訣的話，按理說現在的曉潔已經繼承了所有口訣，為什麼會不知道是怎麼回事呢？

當然，從某個角度來說，化成口訣是一回事，實際上理解與實務上又是另外一回事，不然醫學系也不需要臨床訓練了。

然而，就以醫學系來說，大部分所謂的臨床跟理論之間的差距，都是因為臨床的情況族繁不及備載，有很多突發以及意料之外的狀況，因此光學會理論，是不足以應付接踵而來的各種狀況。

因此很多學問方面的東西，才會有所謂象牙塔的理論派以及實務派等區別，大多是因為理論的東西，很難跟現實作連結，常常會有所落差。

如果把口訣跟實務相結合，也確實有這樣的感覺，尤其是鍾馗祖師所傳下來的那份口訣，更是與現實有一段很大的落差，口訣其中的奧秘更是一般人無法參透的。

這也正是呂偉道長當初決定，以自創的口訣來補足，而不是直接在原口訣上做補足的原因，避免畫蛇添足，破壞口訣的完整性，反而讓後人更難體會祖師爺口訣的奧秘。

所以在原始口訣部分，確實有些時候、有些地方顯得艱深難懂，要實際上直接發揮出來，有它的難度。

不過，大部分的情況都是不知道該如何將口訣套用在實際上的狀況之中，倒過來卻是本來就沒有多大的問題。

簡單來說，如果靠著口訣想要處理眼前的情況，或許會有點不知道該怎麼下手，但是反過來聽到別人怎麼處理，大部分都會了解箇中的道理才對。

然而由於曉潔是先知道小悅的情況，才學會口訣，綜觀口訣似乎好像也沒有解釋，小悅為什麼不能離開陰廟。

明明已經學會口訣了，但是為什麼卻完全不能理解這麼做的意義在哪裡呢？

不只有這樣，由於亞嵐的疑惑，鍾家續也想到了另外一個問題。

在月下決戰之後，鍾家續曾經想過兩人之間的差距，除了自身的能力之外，最大的差別，就是本家的口訣與自家的經驗傳承之間的差距。

口訣方面，當年的鬼王派就是因為口訣遺失過多，導致鍾馗派的水準降低，才毅然決然離開本家，所以按理說，這方面反而應該是鬼王派這邊有優勢才對。

不過經過了這麼多年，鬼王派這邊傳承下來的，也不是完全無損，耗損的程度也已經跟本家不相上下，因此就算這方面被本家超越，似乎也不是不可能的事情。

所以一開始，鍾家續就不排除兩人之間的差距，是先天不良的結果，這種命中注定的差距，尤其是當曉潔告訴鍾家續，呂偉道長還有補足口訣的時候，鍾家續便不作他想，認定兩人之間有的實力鴻溝，就是這個地方造成的。

如果在缺乏其他比較的情況之下，或許這樣的想法多少也很合理，不過偏偏就有其他人可以提供比較，那個人就是曉潔。

同樣身為下一代的弟子，曉潔確實很適合拿來跟鍾家續比較。

如果單純讓鍾家續跟曉潔來對比的話，鍾家續學習的時間，比曉潔還要多很多。

鍾家續大概從六歲開始，就開始學習鬼王派的東西，而曉潔實際上學習鍾馗派的東西，不過兩三年的時間。

雙方學的東西雖然大同小異，但是整體來說，由於曉潔這邊繼承了多份口訣，加總在一起，確實比鍾家續還來得有優勢。

因此兩人目前來說，擁有勢均力敵的實力，或許還不算難以理解。

不過如果換個角度來說，從曉潔目前的出發點，要到阿吉的程度，似乎就有點難以想像了。

雖然說三人已經搞清楚，阿吉那突然成長的功力，是從何而來的。

不過，這時候鍾家續又想到了另外一個重點。

那就是關於用出真祖召喚這件事情。

這是認知的錯覺，事實上是因為了解阿吉的順序有點不太對，所以當下才會沒有發現這個疑惑。

鍾家續一開始看到阿吉，就是在月下決戰的時候，功力強悍、操偶精良。

這樣的阿吉，就算用出了真祖召喚，即便聽了很驚訝，但是似乎也還可以理解。

但是後來經過曉潔的澄清，了解到阿吉功力強大，是在真祖召喚之後，那麼問題就來了，那缺少功力的阿吉，又是如何使出真祖召喚的？

如果那時候的阿吉，沒有什麼特別的地方，就只是操偶特別厲害，對真祖召喚似乎一點幫助都沒有。

而且話說回來，如今阿吉的一切，也都傳承給了曉潔，如果阿吉沒有其他特別的地方，是不是曉潔只要給她幾年，甚至是十幾年的時間，她也可以像真祖召喚之前的阿吉那麼厲害？

「不過，說真的，沒有任何不敬的意思，可是……」鍾家續把自己的想法告訴兩人。

兩人聽完之後，低下頭沉默了一會。

或許正如鍾家續所懷疑的一樣，曉潔目前確實已經學會了所有正統鍾馗派的東西，單純就實力來說已經跟自己差不多了。

先不要好高騖遠地說，短短幾年的時間，長遠來看，如果給曉潔十年、二十年的時間，會不會……跟阿吉一樣強呢？

這點，就連亞嵐都有點疑惑。

阿吉是操偶的天才，確實操偶的技術，在跳鍾馗的時後，有著絕對的優勢。

不過，光是憑著高超的操偶，不可能有那種超越地逆妖的恐怖力量才對。先不要說在真祖召喚之後，因為祖師鍾馗所殘留下來的法力。光是一開始，要抵達真祖召喚的高度，就已經是件幾乎看起來都可以稱為不可能的任務了。

必須要有過人的靈力之外，還需要有足夠的……該怎麼說？共鳴。

這不單單只是天生就可以了，後天肯定需要有足夠的鍛鍊。

畢竟真祖與鬼王召喚，本來在鬼王派的眼裡，就是鍾馗、鬼王兩派，最終的一個絕技，先不要說鬼王召喚，在鬼王派的歷史中，只有一個人，相傳有這樣的力量可以實現，但是當時卻沒能成功。

先不要提阿吉到底是怎麼知道方法的，畢竟當初這個招式之所以被稱為夢幻的招式，就是因為只有鬼王派的人，也就是魔悟過的人，才能夠知道方法，但是身為鍾馗派北派的繼承人，阿吉卻知道如何做到，這也就算了。

要成為假金身，需要有足夠的氣量，不單單只有靈力，也需要有足夠的量可以容納這些力量。

以前鍾家續就聽過，這種氣量，僅靠天生的威力，絕對不可能足夠。

因此阿吉想要做到，除非……

「阿吉的經驗……」鍾家續問曉潔：「很豐富嗎？」

「嗯，」曉潔不加思索地答道：「很豐富。」

是的，如果要說到阿吉的經驗，要說是當代經驗最豐富的人，一點也不為過。

「你有聽過，」曉潔問鍾家續：「呂偉道長的稱號嗎？」

「有，」鍾家續點了點頭說：「道上稱他為『一零八道長』，據說他是繼鍾馗祖師後，唯一一個收服了所有靈體的男人。」

當然這點鍾家續也知道，這恐怕不是一般人所能做到的，光是那際遇，可以遇到所有靈體，就已經讓人難以置信了，只不過這終究還是阿吉師父的成就，只憑這樣教出來的徒弟，不見得有比較厲害。

「然後呢？這跟阿吉有什麼關係？」

「打從阿吉七歲開始，」曉潔說：「就跟著呂偉道長一起出去工作，大部分的情況下，都是呂偉道長對付靈體，而他在一旁跳鍾馗壓陣。因此，光是這一點，阿吉的經驗，恐怕是所有道長中最豐富的。」

曉潔的話，讓鍾家續瞪大了雙眼。

「七歲……」鍾家續喃喃地說。

回想自己七歲的時候，連東西都還沒有學完，阿吉卻已經南征北討了。

一想到這裡，不免讓鍾家續的內心感覺到更加難受。

先不要說阿吉跟自己不一樣，可以大剌剌地走在陽光下，光是七歲就已經出來江湖走跳，還能跟著傳說中的大道長一起行動，就已經讓鍾家續感覺到人生的際遇，天生就有著很大的差別。

不公平，真的……好不公平。

鍾家續的心中，有著這樣滿滿的感慨。

要說天分不如人嘛，這種事情真的不是自己所能控制的，就連經驗也因為被逼迫的關係，沒辦法如人。

這叫鍾家續怎麼樣都沒有辦法服氣，光是這點就可以讓他怨恨了。

不過這下也終於知道兩人之間那宛如鴻溝般的差距，是怎麼樣形成的了。

如果人生就像 RPG 一樣，先不要說天賦如何了，光是就等級來說，阿吉就好像九十九級的角色，而鍾家續充其量恐怕不到十級，這已經早就不是天分就可以彌補的差距了。

面對這樣恐怖的差距，真的，鍾家續也只能仰天長嘆了。

5

眾人商量好去五夫人廟之後，由於時間尚早，曉潔與亞嵐還感覺有點疲累，因此先回房休息，準備補眠一會，傍晚時分再去五夫人廟。

鍾家續也回到自己的房內，雖然也覺得可以休息一下，不過才剛閉上眼，就想到剛剛曉潔說的話，想不到光是經驗鍾家續恐怕這輩子都追不上了。

想到這裡就讓鍾家續睡意全消，從床上跳了起來。

他需要多練習，就算經驗不如人，但是他至少可以靠著勤勞多少彌補一點差距。

前幾天才剛練過操偶，今天鍾家續想要練習一下手腳功夫，磨練一下自己的逆魁星七式。

才剛調整好氣息，腦海裡就浮現了一個人的身影。這個身影不是阿吉，而是在逆妖的滅陣之中，所看到的那個道士。

直到現在，鍾家續還是不知道，當時在逆妖的滅陣之中，那個厲害的道士到底是誰。

不過，他使用的魁星七式……為什麼可以如此強大？

即便面對速度極快的逆妖，他還是可以後發先至，甚至完全壓制住逆妖，靠的不是什麼浩瀚的功力，而是自己也會的魁星七式。

畢竟兩者之間，只是左右互換而已，雖然內涵的力量渾然不同，不過光是就招式本身，卻是完全一模一樣，所以如果魁星七式可以做得到，那麼逆魁星七式也絕對可以做到。

除了洞察逆妖的動作，提前一步做出反應之外，最讓鍾家續印象深刻的，還是那個道士將每一招都連貫在一起的樣子，打破七星步的藩籬，將許多招式組合在一起，就好像一個全新的招式一樣。

鍾家續仔細回想當時的情況，有很多時候那道士甚至左右手，同時使用出完全不同的招式。如果說，看了阿吉的操偶，大大地打開了鍾家續的操偶視野，那麼看了滅陣裡面的那個道士，也同樣打開了他對魁星七式的視野。

連鍾家續自己都不知道，自己有多幸運，可以在相隔這麼多年後，看到了史上魁星七式用得最好的男人的實戰狀況。

百餘年前，被人稱海盜道長的鍾九首，用超群的技藝將逆妖打成重殘，甚至在逆妖的心中留下難以抹滅的恐懼印象。

百餘年後，曉潔與鍾家續為了對付它，用了以惑為主的滅陣，惑將逆妖內心中，最深沉的恐懼，以宛如膠捲電影一樣的影像播放出來。

而看到這景象的人，正是跟鍾九首同樣，出身於鍾家的人：鍾家續。同時，殺害鍾九首的人，正是鍾家續的先人。

這剪不斷理還亂的因果，造就出今天這樣的局面，也讓鍾家續真正見到了魁星七式的威力。

鍾家續試著在腦海裡，重現當時看到的影像，然後試圖讓自己做出那些動作。從小就是獨子，就算學習這些東西，也沒有半點可以比較的對象，只能從父親鍾齊德的反應來判別。

在這樣封閉的環境，一對一的教學，缺乏同僚之間的比較，導致鍾家續其實對於真實的狀況並不了解。

說到底，就連鍾家續自己都不知道，自己真正有天分的到底是什麼？

他會誤會自己是操偶的天才，是因為他學得很快、真的很快。

由於父親鍾齊德，只有一隻手，又不是阿吉那樣的天才可以單手操偶，所以鍾家續的操偶，一開始並不是鍾齊德指導的，而是從外面請類似家教那樣的老師來教。

外面的老師只要做一次，鍾家續就可以立刻學會，就連那個老師都不得不稱讚，鍾家續是他看過最有才華的學生。而這也種下鍾家續誤會自己的始末，讓鍾家續一直認為自己確實是操偶的天才。

或許，對一個人來說，真正最難的課題，就是了解自己。

當然這裡所說的了解自己，是真正的了解，而不是不願意承認自己不如人的那種誤解。不是那種老是告訴自己，只要自己想要，什麼都做得到的自我催眠，而是以客觀的角度，確實評價出自己的優劣。

只有這樣，才有可能找到最適合自己，同時也最理想的定位。

其實鍾家續自己不知道的是，他擅長的並不是操偶……而是模仿。

就像當初學習操偶的技巧一樣，老師做一次，他模仿老師做一次，這就是他學習快速的原因。

只要是鍾家續腦海中浮現的影像，絕大部分他都很自然就可以模仿出來。

學習力一直都是鍾家續的強項，不過精通可能就是他人生的課題了。

不過現在的鍾家續沒想那麼多，順著腦袋裡面的影像，就好像操偶時模仿阿吉那樣，跟著腦海的影像，踏出自己的腳步，揮出自己的拳頭。

6

傍晚時分，三人約好了在旅館大廳集合，然後出發前往五夫人廟。

如果沒有經過那場月下決戰，或許曉潔會有所顧忌，而不願意來到這座廟宇。

雖然只有那晚的相處，不過曉潔看得出來，對小悅來說，阿吉是個非常重要的人。

因為在月下決戰前，在曉潔的認知中，阿吉已經往生了，在那種情況下，她實在不想要帶這樣的壞消息給小悅。

所以如果沒有經過那場決戰，曉潔或許就不會過來了。

但是今天不一樣了，曉潔已經知道阿吉還活著，天曉得說不定阿吉也來看過她了，所以曉潔可以名正言順地拜訪她，不用擔心她問一些讓自己難以回答的問題。

因此曉潔帶著兩人，再一次來到了五夫人廟。此時，她腦海裡浮現的，是幾年前自己在這裡跟凶靈對抗的景象。

三人抵達的時候已經是黃昏，曉潔知道，小悅大部分的活動時間，都是從黃昏左右開始的，所以選擇這時候來，也是配合小悅的習慣。

三人走進五夫人廟，就看到幾個廟方人員正準備下班。

曉潔看了一下，沒有找到小悅的身影，就去找廟方人員詢問一下。

不過當廟方人員一聽到曉潔說要來找小悅，臉上立刻浮現出詭異的神情。

其中一個女性服務人員，甚至還轉身跑到廟後面的辦公室，看起來就好像曉潔他們是要上門來討債或尋仇的人一樣。

雖然說曉潔非常清楚小悅的特殊性，但是對於廟方人員的態度，也不是很能理解。

只見那女員工進去之後過不久，一個男員工便從辦公室走出來，逕自走到了三人面前。

「你們是什麼人？找小悅什麼事情？」那男員工一臉不悅地質問三人。

「我們是她的朋友，剛好來到台南，所以來找她。」

聽到曉潔這麼說，那名中年男性原本有些敵意的臉色，有了改變，變成了一臉為難地說：

「小悅現在已經不在這邊了。」

「啊？」曉潔的訝異全部寫在臉上。

開什麼玩笑？

這個答案讓曉潔難以接受，畢竟在曉潔的認知之中，小悅離開廟可是會有生命危險的。

因此得到這個答案之後，曉潔立刻追問廟方人員，原本廟方人員還不太願意說，後來在曉潔把自己的來歷，更搬出么洞八廟的頭銜，對方才願意開口。

只是……真實的答案，恐怕只會讓曉潔更加難以接受——小悅被人殘忍地謀殺了。警方雖然已經介入調查，但目前還沒有找到任何兇嫌。

在知道曉潔的來歷，竟是鼎鼎大名的么洞八廟負責人之後，廟方人員的態度也有了極大的轉變。

由於這個消息對曉潔來說，太過於震撼，因此一時之間真的很難接受。那位男員工還去找來了當時第一個發現小悅被人殺害的中年婦女，跟曉潔說說當時的情況。

「殘忍喔，」那位中年婦女哭著說：「竟然對一個小女孩下那種毒手，兇手真是夭壽，一定要趕快抓到他，真的是有夠狠。」

婦人的雙眼流露出恐懼的神情，彷彿回到了當時發現小悅屍體的現場一樣。照婦人所說，那天她早上來到廟裡開門，準備開始一天的工作，平常這個時候，小悅都會來迎接她，她也會帶著早餐跟小悅一起吃，可是那天沒有看到小悅的身影，四處找了一下，就發現小悅陳屍在廟旁的草地上。

「那兇手真的太殘忍了，」婦人紅著眼眶說：「小悅的胸口，就好像被炸彈炸開一樣，啊啊啊，不講了，太恐怖了，你們有問題去找警察問吧。」

婦人說完之後，似乎悲從中來，哭著轉身離開。

這個消息對曉潔來說，當然十分震撼，不過悲痛之餘，曉潔的腦袋終於把這些事情連結在一起了。

曉潔終於知道為什麼阿吉會追殺鬼王派的人了。

她沉著臉，將一雙盈著淚水的雙眼，投向身旁的鍾家續。

曉潔凝視著鍾家續，就好像要看穿他靈魂深處一樣……

當然，在一旁聽到了婦人描述的鍾家續，也大概猜到是怎麼回事了。

那個傷口確實很像是鬼王派的人出手才會形成的傷口。

「你確定，」凝視著自己的曉潔目光銳利如刀，沉著臉說：「你們鬼王派……真的只剩你們一家嗎？」

7

小悅被人殺死了，而且死法就跟這些年來陸續死亡的道士們一樣。

如果從這個角度看起來，那麼兇嫌最有可能的就是鬼王派的人。

只有他們，才會造成那樣的傷口。

直到現在，曉潔終於搞清楚了，到頭來果然阿吉還是阿吉。

不，雖然說不知道為什麼，他連一句話都不願意解釋，不過確實從這個角度來說，阿吉想要殺掉鍾家續，有著非常理所當然的原因——那就是小悅的死。

光是那由內而外的爆炸，就足以讓人將罪推向鬼王派了。

至少，不要說阿吉了，就連那位陳檢察官，也確實把矛頭指向了鬼王派。

如果不是這段時間，幾乎大部分時間都跟鍾家續在一起，越來越了解鍾家續，就連曉潔也會斷言這肯定是鍾家續幹的。

畢竟就連鍾家續自己也說，整個鬼王派就只剩下他一個人了。

如果他不是兇手，那還有誰是兇手？

不過，對此曉潔也不想要妄下結論。

另外一方面，其實不需要曉潔多說什麼，鍾家續也知道情況是怎麼一回事了。有沒有殺害小悅，鍾家續自己心裡當然最明白。不過就連鍾家續自己也不知道，該怎麼樣為自己辯駁。

當然，光憑傷口就斷定是鬼王派的人下的手，的確太過於武斷了，不過當被害人跟鍾馗派牽扯得上關係，又不止一人的時候，就連鍾家續都知道，別人會把罪算在鬼王派的身上，非常合情合理。

回到旅館大廳，三人無言地坐在椅子上。

對曉潔來說，總算是釐清了一些事情。

原來，這就是阿吉想要殺了鍾家續的原因。

從過去阿吉與小悅兩人的互動，不難看得出兩人感情的深厚，真的就好像兄妹那樣。

如果小悅真的是被鬼王派的人殺了，那麼阿吉會一路北上追殺鍾家續，似乎也合情合理。

問題就在於，鍾家續不是兇手。

或許應該說，鍾家續是兇手倒還簡單一點，至少謎底就簡單許多了。

然而鍾家續不是兇手，那問題就很多了。

就鍾家續現在的了解，這個世界上唯一還可以稱為鬼王派的人，在他父親去世之後，就只剩下他一個人了。

如果鍾家續不是兇手，那麼到底是誰可以像鬼王派一樣下手？

「最後一個離開我們的分家，大約是在我曾祖父那一輩的時候離開的。」

鍾家續這麼告訴兩人。

鬼王派成立之初，大部分的成員，都是十二門時代的成員。由於創立鬼王派的始祖，正是當時十二門時代的掌門，因此成立鬼王派之後，將大部分的成員都帶到鬼王派這邊，只有少數幾個不願意跟隨的，回到了本家。

名義上，鬼王派共同尊鍾家的繼承人為首，其他人不分高低順位，但是實際上彼此之間，還是存在著一定的階級。而這階級制度，就是源自於十二門時代的階級。

一路下來，許多當時十二門的領導階級，幾乎一路都跟著鍾家，度過所有的大風大浪，榮辱與共。

不過在經歷了這數百年的爭鬥後，這些家族不是滅絕，就是後代不願意再過著這樣的日子，一一離開了鬼王派。尤其到了清朝大戰之後，正所謂「由儉入奢易、由奢入儉難」，曾經在元清兩朝度過風光日子的家族，面對突如其來的衰敗，大多逃離了鬼王派。

最後一個離開鬼王派的，是被稱為鬼王派第二把交椅的大家庭。

他們死守在鍾家身邊，打從十二門時代就一直對鍾家盡忠，甚至橫渡了台灣海峽，跟著鍾家一起來到台灣。

如此忠心耿耿，幾乎就跟自己家沒什麼兩樣的家族，最後還是不敵時代的洪流，在二十多年前，離開了鍾家，從此不知去向。

鍾家續的曾祖父，據說就是因為他們的離去，傷心欲絕，最後一病不起而離世。

在那之後，就鍾家續所知，鬼王派就真的只剩下他們鍾家這一家了。

這下就連曉潔都覺得頭痛，因為在知道了阿吉動手的原因之後，就連曉潔都覺得，下次遇到阿吉，恐怕情況還是跟月下決戰的時候沒有兩樣。

只是不管情況多麼惡劣，也不管下一次遇到阿吉的時候，到底有沒有半點可以理性討論的空間，至少，有個消息對三人來說，勉強算是個好消息。

那就是這裡是台南，上次遇到阿吉是在台北，理論上來說，應該不需要擔心阿吉會突然出現。

這就是江湖人士所謂的「避避風頭」吧？

不過他們不知道的是，就在三人這麼想的時候，阿吉與玟珊人也在台南，並且雙方的距離不過短短幾公里，隨時都有可能在街上相遇的那種距離。

第7章・血戰頑固廟

1

是夜，整個城市一片死寂。

或許多少受到了那團紫霧的影響，感覺現在的台南市，比起先前任何時刻都還要來得寧靜，不過這會不會是另外一場暴風雨前的寧靜呢？

就在阿吉這麼想的同時，車子緩緩地停了下來，窗外是那片他熟悉的景象。

阿吉跟玫珊再度來到了這個，對阿吉來說，充滿回憶與傷痛的地方。

這裡是台灣鍾馗派的起點，在經過了多年的發展之後，有了新的名字，叫做頑固廟。

不過就連阿吉也知道，頑固廟這名字很可能將會被人遺忘或改變，因為頑固老高已經不在了，在經歷了這麼多風雨之後，這裡已經沒有任何鍾馗派的道士了。

再度來到頑固廟，阿吉的目標只有一個，就是找出那些鬼王派的，是如何找上小悅的蛛絲馬跡。

因為阿吉想過了，除了任何知情的人士之外，頑固廟是小悅跟鍾馗派唯一可以連得上線的地方。

因此鬼王派那些人，只有從頑固廟這裡入手，才有可能找上小悅。

這一次阿吉還特別從陳憶珏那邊得到一筆清單，上面有檢警從頑固廟扣留的物品清單，阿吉打算靠著自己的記憶力，加上現場的跡證，看看有沒有人趁亂，從頑固廟偷走東西。

這就是阿吉再度回到頑固廟的原因。

理論上來說，目前在死亡名單中，比較弔詭的還是小悅跟鄧廟公。

畢竟兩人是名單中，從表面上看來，跟鍾馗派的關係最為淡薄，而且彼此之間的關係，也沒有多少人知道。

其他名單中，比較常見的是已經退出鍾馗派，或者是跟鍾馗派關係比較密切的人。

但是小悅跟鄧廟公，檯面上幾乎跟鍾馗派沒有關係，不過兩人卻不能算是跟鍾馗派完全無關，都多少有些微妙的關係存在，這也算是兩人的共通之處。

以鄧廟公的情況來說，雖然多年以前，一度曾經想要加入鍾馗派，不過在他拜師之際，就連他的師父也都還不是鍾馗派的正規弟子。

不過在那之後，鄧廟公在頑固老高的支持下，還是受到了自己前師父的庇護，幫他處理了許多他沒有辦法解決的事情。

然而這一切都在檯面之下，就連鄧廟公的女兒玟珊，也不太清楚這件事情。

如果連朝夕相處的玟珊，都不見得能夠知道自己的老爸跟鍾馗派有關係，那麼那些人又是如何知道的？

另外一個就是小悅，在被安置於五夫人廟之後，呂偉道長也特別拜訪了頑固老高，希望他們可以就近照顧小悅，這件事情，到頭來也只有頑固老高、阿畢與梓蓉三個人知道。

就連頑固廟上下都只有三個人知道的事情，鬼王派卻能夠得知，這些都讓人感到懷疑。

不過先不要說，那些人到底是如何知道小悅跟鄧廟公的事情。兩人之間唯一勉強可以交集在一起的地方，就是這座阿吉熟悉的頑固廟。

在阿吉已經清醒的現在，兩人可以大剌剌地從大門進入，不用擔心被人當成賊。

阿吉希望可以透過手上的清單，多少比對一下，看看有沒有人在警方搜索過後，趁機帶走一些東西，透過那些東西，循線找到小悅等人。

兩人從大門進到頑固廟中，對於曾經一起在這裡生活一小段時間的兩人來說，這裡有著許多複雜的回憶。

尤其是對玟珊來說，那一段與阿吉一起在這裡生活的光陰，堪稱是她人生最後的幸福光陰。

因為在那之後，等待著她的就是自己父親被人殺害的命運。

曾幾何時，玟珊也想過，如果當時，她不要執著要來找阿吉，會不會自己父親就不會死了？

不過就連玟珊自己也知道，就算留下來，可能也沒辦法阻止那些手段兇殘的人。

畢竟她不是阿吉，沒辦法那麼厲害地把那些人打得落花流水。

兩人回到了頑固廟，本來還可能需要頭痛，要從哪裡找起，不過才走沒幾步，阿吉突然停下腳步。

因為就在剛剛，阿吉清楚地看到了，在頑固廟三樓的地方，窗口透出一些像是手電筒的光芒。

阿吉知道，今晚，造訪頑固廟的人，絕對不是只有他們兩個人而已。

2

阿吉與玟珊兩人，小心翼翼地走上樓梯，來到了頑固廟的三樓。

為了不打草驚蛇，兩人蹲低身子，緩緩向前移動，過了兩間房間之後，果然聽到室內傳來兩個男人的聲音。

「我還是不懂，」一個比較年輕的男子聲音說道：「為何還要再搜一次呢？上次不是已經找過了？」

「有漏網之魚啊，」另外一個聲音聽起來比較穩重的男子說道：「不然，他們兩個怎麼死的？」

「名單上不是還有那間爛廟？」年輕男子說：「叫什麼一零八的？」

聽到兩人突然提到了一零八廟，讓阿吉內心一凜，臉色也沉了下來。

「不行，」穩重男子說：「那間是師父的，我們不能出手。」

師父？果然這些人是有個帶頭的，而那個帶頭的看來就是這些人的師父。

阿吉心想，看樣子鬼王派不只真的有死灰復燃的跡象，而且還收了不少弟子。

想到這裡阿吉不免懷疑，為什麼他們那麼高調，還能夠完全不被本家的人察覺呢？

「而且，」穩重男子接著說：「那廟裡面的是個小妞，殺了他們兩個的是男人。」

「嘿嘿嘿嘿……」那年輕男子發出淫穢的笑聲：「那小妞真的不錯，希望未來師父動手的時候，可以讓我們好好對付那個小妞。」

當然玟珊很清楚，兩人口中的小妞，就是阿吉的徒弟與學生，葉曉潔。

玟珊忍不住看了阿吉一眼，阿吉沉著臉，原本還擔心阿吉因為對方的這番言論，受不了失控，不過面對這種場面，阿吉的冷靜往往超過玟珊所能想像的範圍。

明明失神狀態下的阿吉看起來就是什麼都不懂，但是回過神來的阿吉又是如此的穩重，這反差真的是叫人不愛他也難啊。

只是玟珊不知道的是，如果今天她可以跟曉潔兩人，坐下來彼此分享自己所認識的阿吉，恐怕會有種天壤之別的感覺。

「不過說真的，」年輕男子說：「他們兩個也太靠不住，我早就說過，師父收他們兩個，根本就是來拉低我們水準的。」

「別說死人壞話了好不好？」穩重男子說：「叫你找就找，哪來那麼多廢話？」

或許穩重男子的地位，比年輕男子還要高，因此聽到了穩重男子這麼說之後，兩人也不再多話，屋子裡面只傳來翻箱倒櫃的聲音。

阿吉揮了揮手，示意玟珊後退，兩人循著原路，一路退到了樓梯口。

「妳去打電話給陳檢察官，」阿吉壓低聲音對玟珊說：「要她現在立刻派人過來。」

「你呢？」

「我把人留下來。」

當然，不需要阿吉多說，玟珊也知道，如果在這邊被兩人逃跑，可能想要再找到兩人，就很困難了。

「妳打完電話，就在外面等，不要進來了。」阿吉說。

雖然玟珊不是很願意，希望可以看看阿吉怎麼收拾兩人，不過她也知道，如果多了自己一人，說不定阿吉還需要分心照顧自己。

因此即便心中不太願意，還是點了點頭。

玟珊離開了之後，阿吉返回剛剛的房間外，希望可以聽到更多的訊息，但是都是那個年輕男子，不斷抱怨著同樣的事情，聽到阿吉都覺得厭煩了。

不過阿吉也知道，這對他來說，是個好消息，因為通常這種愛抱怨的人，實力都不會太強。從小也算是頑固廟常客的阿吉，對頑固廟的了解，可能僅次於么洞八廟，因此開始想著該在哪裡對付兩人，會是最理想的地點。

如果綜合整體的條件來說，包含到動手之後的大小事，以及對方可不可以方便逃跑的路線來說，或許在現在所在的這條走廊，會是最理想的地方。

雖然說另外一邊也有走道，不過那邊下去的鐵門，已經被鎖鍊鎖起來了，根本沒辦法下去，所以就算逃跑，下樓梯之後，就會遇到死路。

所以在這條走廊把他們留下來，應該會是最理想的地方。

如果不行的話，就只能在大門堵人了。

想到這裡，阿吉突然想到，自己可能會用得到那個東西，看兩人應該還會搜尋一段時間，因此阿吉趕緊退回樓梯，然後一路衝下樓去。

阿吉一路趕到大門外，玟珊見了立刻迎上前來。

「聯絡好了嗎？」阿吉一邊問，一邊朝著兩人的車子走。

「嗯，」玟珊說：「陳憶玨要你小心點，她會通知轄區的警員，立刻趕過來支援。」

「好，」阿吉打開後車廂，然後拿出了一個箱子：「等等我進去之後，妳看看能不能拿個東西，把大門鎖起來。」

阿吉說完之後，揹著箱子，一路衝回了頑固廟。

玟珊也照著阿吉所說的，在他進去之後，拿了根鐵棒跟鍊子，將大門鎖起來。

阿吉一路趕回去，登上樓梯來到了三樓，一上了樓梯來到走廊，就看到了那兩個男子，也正在走廊上。

對方突然看到了阿吉，臉上都是一臉訝異，當然阿吉內心則是驚呼好險，趕在最後一刻在這條走廊攔住兩人。

不過下一瞬間，只見其中那個比較瘦小的中年男子手一揮，雙方之間一側的牆壁上，頓時浮現出一個靈體，快速朝阿吉衝過來。

那靈體一看就是個縛靈，不過模樣卻跟先前襲擊無偶道長廟宇以及阿畢使用過的完全不一樣，威力也感覺強大得不像是一個單純的縛靈。

如果是過去的阿吉，倏然見到這樣的靈體，一時之間可能還真沒辦法簡單應付得了。

不過現在的阿吉，在月光下時，根本不可能是這樣一個縛靈所能對付的對手。

因此阿吉完全不動聲色，靜靜地等著縛靈靠近，然後伸手一撈，一把抓住了那縛靈的頭。

渾身都充滿著祖師鍾馗殘留下來力量的阿吉，根本連用力一捏都不用，那縛靈只掙扎一下，整個就灰飛煙滅了。

與此同時，對方手上的符也跟著閃燃，瞬間化成灰燼。

不過這個縛靈，本來就是男子最基本的一張符，會瞬間偷襲，就是為了測試看看這擋住他們去路的傢伙，到底功力有多高。

只是這一下測試，雙方各自心中有了感受。

對方瞬間知道阿吉絕對不是一般普通老百姓，而阿吉這邊也大致上對於對方的實力感覺略微驚訝。

透過這一下阿吉就知道，眼前這看起來弱不禁風的中年男子，絕對比先前那兩個鬼王派的爪牙，還要強上許多。

因為剛剛雖然輕鬆解決了那個縛靈，不過一碰到那個縛靈就可以清楚地感覺到，那個縛靈確實有點強得誇張，很顯然被人強化過了。光是可以強化自己控制的鬼魂，就已經是件不得了的事情了。

阿吉知道，自己不可能再像上次那樣，輕鬆就可以把兩人撂倒。

除此之外，光是對方知道要試試看自己的力量，這點也遠遠超越了鍾家續與那兩個爪牙。

「就是你吧，」瘦小的中年男子冷冷地說：「我可以感覺得到。你就是那個害死阿堯與小東的人吧？」

阿吉想到，上一次襲擊無偶道長廟宇的兩個嫌犯，似乎就叫做彭智堯與張品東，應該就是這男子所稱的阿堯與小東吧？所以他們果然是一夥的。

不過面對男子的提問，阿吉不予回應。

「想不到，」中年男子瞪大那雙窄小的眼睛：「汙穢的本家還能出現一個像你這樣的人才，可惜了，如果你不是本家的人……」

中年男子轉向一旁，對著另外一個比較年輕的男子低聲說了幾句，年輕男子雖然顯得不願意，不過看起來似乎對中年男子的話沒有辦法違抗，最後那年輕男子瞪了阿吉一眼之後，轉身離開。

不只有實力方面似乎遠遠高過先前兩個人，就連處理事情的經驗，也比阿吉想像中還要老練許多。

不過阿吉並不擔心，因為頑固廟他很熟，除非對方跳樓或者可以徒手把厚重的鐵門扳開，不然另外一邊的走廊，是沒有辦法下去的。

因此這其實更方便阿吉動手，至少他只需要先對付眼前這個中年瘦小男子就可以了。

不過光是看一眼這傢伙召出來的靈體，阿吉就知道這一次的對手，比起上一次的兩個都還要強大很多。

不只如此，這傢伙在鬼魂的操控方面，不只遠遠勝過鍾家續，就連阿畢……可能都不是他的對手。

不過想想這也是理所當然的事情，因為阿畢入魔道也不過短短的時間，可能終究很難跟這種可能從小就入魔或者學習鬼王派技藝很長一段時間的人相提並論。

而且不管是劉易經還是阿畢，真正有強大的成長都是基於自己原本的功力，一般的鍾馗派，沒辦法像其他門派那樣，可以修練所謂的法力，所有的功力都是一點一滴鍛鍊、累積出來的。

因此鍾馗派沒有辦法像是茅山術那些，靠著法力做出許多事情，就像變魔術那樣。

可是一旦入魔，這一切都變得可能，像鬼王派那樣光是輕輕一按，就可以讓人爆腔而死，靠的就是這樣的法力，這種是沒有法力基礎的鍾馗派絕對不可能做得到的。

也因為這樣，入魔才會如此蘊含著魅力。

蘊含在體內的功力，瞬間轉變成法力，而且還獲得大量的提升。

在這種情況之下，這些本身就已經是鍾馗派頗具功力的人，根本不需要操控鬼魂，基本上強度就已經遠遠超過一般鬼王派的人了。

所以操控鬼魂，對這些鍾馗派入魔的人來說，反而只是一種輔助的手段。

這就成了鍾馗派入魔之後，與鬼王派打從出生便是魔，最大的分水嶺。

對鬼王派的人來說，御鬼之術比操偶之術，更為重要、更為基礎。

但是對鍾馗派入魔的人來說，以鍾馗派本家技藝為基礎的強化，是他們最大的優勢，即便入魔之後，操偶還是他們的主要能力。

因此在道上，很多人就是這樣分辨兩派之人，所以有「邪御魂、正操偶」這樣的說法。

以御鬼之術為基礎的人，多半都是鬼王派的人，即便鍾馗派墮入魔道，也不會以御鬼之術為主。

因為本身可以魔悟腦袋之中的口訣，開啟了另外一扇門，根本不需要執著在御鬼之術，也有強大的力量。

這點在時代變遷之後，更是明顯，沒有口訣基礎的鬼王派，現在都只剩下傳承下來的這些技藝，因此御鬼幾乎成為他們唯一強大自己的辦法。

看到對方使用的鬼魂，阿吉知道，這一次自己遇到的，可能真的就是學習鬼王派多年的人了。

只是，阿吉也非常清楚，對方終究不可能會是自己的對手。

因為，就在今天，阿吉完成了最後的作業，重新把線接了起來。

是的，經過了多年之後，這兩個彷彿天作之合的搭檔，終於要再度聯手了。

眼看對方又拿出了幾張符，阿吉這邊也動了起來，他放下箱子，從箱子裡面將自己的好搭檔拿了出來。

箱子裡面裝的，正是那個號稱國寶級的鍾馗戲偶，也是江湖上鼎鼎有名的「刀疤鍾馗」。

眼看阿吉這邊已經拿出了本命戲偶，中年男子打量了一下這一人一偶，不管怎麼看，都是正規的本門弟子，也難怪那兩個剛加入鬼王派的阿堯與小東不是他的對手。

雖然說如果有戲偶的話，自己應該也可以更強大，不過正如俗話所說的「邪御魂、正操偶」，就算沒有戲偶，光是靠手上的符，應該也可以對付得了對方。

畢竟……自己可不像阿堯與小東，也是正規的鬼王派弟子。

二人之間也不需要多說些什麼，自古正邪不兩立，兩人就好像傳統中的本家與鬼王派一樣，隨時隨地都可以來個決戰。

既然對方都拿出戲偶了，自己這邊也差不多該叫人了。

男子將手上的符，向後方一甩，在男子的身後頓時浮現出數個身影。

阿吉這邊，將刀疤鍾馗拿出來，確定操偶線沒什麼問題之後，手一揚，阿吉的嘴角也揚了起來。

「好久不見了，好搭檔。」阿吉淡淡地對著刀疤鍾馗說。

終於在經過了多年的時光，這一對好搭檔再度聯手，而對手，正是鬼王派的爪牙。

一場正邪之戰，於焉展開。

3

對阿吉來說，與人鬥法、鬥偶，並不算什麼新鮮的事情。

畢竟就算是正規的訓練，阿吉也跟自己的師父交手過多次，更不用說在師父往生之後，這些年來的遭遇，更是讓阿吉累積了許多經驗。

不過，綜觀自己的人生，這輩子真正對付到墮入魔道，踏上鬼王派之路的人，或許只有兩個，就是阿畢與鍾家續。

然而對一個鬼王派的弟子來說，情況可能就不一樣了。

打從成立之初，就必須防範本家襲擊的他們，與本家交手，本來就是他們的課題，因此每個弟子不但都會模擬跟本家對壘的情況，甚至還發展出所謂的對本家三策——斷訣、破偶、抗拳。

一個鍾馗派的道士，所有能夠學習的東西，只不過就三種：口訣、操偶以及魁星七式，因此道上的人曾經流傳這麼一段話，一語囊括鍾馗派的一切。在道上所謂的鍾馗派道士，就是「腳踩七星手操偶、嘴唸口訣戰群魔」。

然而不管哪一種，一旦精通了都是很不得了的事情，絕對都足以雄霸一方，成為歷史留名的大道長。以實際上的情況來說，就好像傳說中的海盜道長鍾九首擅長手腳功夫的魁星七式，而呂偉道長則是擅長精通口訣，兩人都是足以名留青史的大道長。

因此要對付鍾馗派的道士，可能首要條件就是了解到對方的素質。

看到阿吉拿出戲偶，以及看到了阿吉那戲偶精緻的模樣，中年男子大概也猜到了，眼前這個本家的，應該是屬於擅長操偶的。

如果這個推測屬實的話……那麼，就簡單了。

中年男子的心中，不免露出得意的微笑。

因為在對本家三策之中，斷訣、破偶、抗拳中，他最擅長的就是破偶。

而破偶講求的大抵上，就是亂其步而破其戲，擾其控而毀其劇。

其中最簡單，也是最實用的地方：打斷對方的節奏，讓他們自亂陣腳，其戲不攻自破。就算對方夠老練，腳步不亂戲穩重，還可以左右夾擊讓對方騰不出手來對付自己。

過去師兄弟們在練習的時候，還沒有人可以用戲偶跟他對抗，因此如果對方真的是戲偶派的，那麼自己絕對勝券在握。

當然，沒有多管對方的心思，另外一邊的阿吉，抖動了手腕，向前踏出了第一步。

兩人之間的對決，就此拉開序幕。

阿吉才踏出第一步，中年男子立刻感覺到一股強大的壓力迎面而來。

感受到這樣的威力，中年男子頓時知道，自己犯下的大錯，這渾厚的功力，只有擅長口訣的人才有可能如此強大。

如果不是先叫出鬼魂來助陣，恐怕自己已經在這一步中，被打到飛出去吧？

雖然眼前的對手，比起這陣子阿吉所對付的對手來說，確實要強大許多，不過如果跟阿畢比起來的話，恐怕還是阿畢要更強一點。

儘管對手不是很強悍，不過阿吉這邊也不是可以悠悠哉哉跟對方好好對壘的狀況，雖然月光下的阿吉確實很強，不過可是有時間限制的，就連阿吉自己也不敢保證，是不是可以在那些逮捕他們的警員到來之前，把他們留下來。

因此，為了延長自己清醒的時間，阿吉知道自己可不能像對付鍾家續那樣，一下子就使上全力，多少得要保留一點。

在這樣的心情之下，阿吉向前踏出了第二步。

這一次，看到阿吉有動作，中年男子知道不能大意，因此立刻掏出幾張符，希望多少可以阻撓一下阿吉。

男子將手一揮，在阿吉腳步踏下去之前，緊急召出了幾隻符鬼，讓他們朝阿吉撲去。

看到對方有所回應，阿吉這邊原本想要踏下去的腳步，稍稍頓了一下，等待幾個符鬼衝到自己的面前，這腳才猛然踏下去。

即便阿吉已經很節制，這一下的威力還是遠遠超過自己以及對手的想像。

這一踏不但將迎面而來的符鬼全部踩滅，還一併將男子後面壓陣的鬼魂，全部一網打盡，甚至也把男子一連震退了好幾步。

好強！

雖然早就知道，對方會是狠角色，但是狠到這種地步，也是遠遠超過自己想像。

他知道如果再這樣下去，絕對不是辦法。

就在這個時候，另外一個原本應該從走廊的另一側逃跑的年輕男子，轉了回來。

「你怎麼回來了？」中年男子問。

「另外一邊被鐵門鎖住了，」年輕男子說：「我撬了很久，都撬不開啊。」

「算了，」中年男子灰頭土臉地說：「他好強，我罩不住了，我們一起上。」

「啊？」年輕男子一臉訝異。

畢竟中年男子有多少能力，同門的師兄弟最清楚，連他都說出這樣的話，可以想見對方真的很強。

「等等我用符鬼掩護你，」中年男子說：「你趁機攻過去。」

商量好之後，兩人也不囉嗦，擔心阿吉這邊又有動作，因此立刻先下手為強。

中年男子將手一揮，兩個鬼魂又冒了出來，夾著兩個鬼魂的攻勢，年輕男子也衝了過來。

不管對方威力有多強，一旦被靠近，需要跟對方動手之際，絕對沒有辦法再繼續操偶了。

這就是中年男子的打算。

眼看對方一人兩鬼衝過來，這一次阿吉也不敢蓄積力量，立刻向前踏出一步，先解決掉兩個鬼魂。

由於沒有蓄力的關係，所以年輕男子受到的阻力並不大，很順利拉近了兩人距離。

這下也算是如了兩人的意了，年輕男子衝上前，轉眼來到了阿吉面前。

男子雙掌朝阿吉打了過來，心想著哪怕是一掌也好，只要讓他可以打到對方，不管力量有多麼輕……一切都會改變。

看到年輕的男子衝到了阿吉面前，阿吉這下肯定來不及再踏出另外一步，中年男子相信，不，他完全沒有懷疑，自己可以取勝。

因為不管多厲害的人，只要一操偶，雙手就會被佔據，根本騰不出手腳來對付自己。一旦阿吉這邊一亂，自己就可以趁機上前給阿吉一個致命的一擊。

只是中年男子不知道的是，不管他有多強，這就是他終究不如阿畢的地方。

因為阿畢知道，世上真的有人可以做到，操偶只需要一隻手就可以了。

年輕男子衝到了阿吉的面前，原本打算就這樣順勢給阿吉一掌，這時原本雙手操偶的阿吉，雙手一晃，一隻手突然空了，除此之外，那空出來的手掌還突然朝著年輕男子揮過來，雖然後發，但是卻比起年輕男子還要更快。

完全沒有料到對方會突然騰出手來攻擊自己，讓年輕男子根本沒有半點防備。

怎麼……可能？

被一掌擊飛的同時，年輕男子還是難以置信。

不過更讓人難以置信的是，阿吉一掌擊飛男子的同時，手上的戲偶非但繼續維持著動作，而且還更進一步向前邁進。

阿吉擊飛年輕男子之後，也索性直接用單手操著偶，踏出另外一步。

中年男子原本看到男人的功力雄厚，就已經認定，對方操偶可能不會太強，誰知道對方不但操偶技巧高超，看傻眼的同時，迎面一股力道襲來，整個把中年男子打倒在地。

想不到一場兩人聯合發動的襲擊，最後竟然反而是兩人都被打倒在地上。

年輕男子下巴受到阿吉這一掌重擊，整個人被打飛之外，倒地之後暈死過去。

中年男子雖然受到的傷害不算太大，可是心理受到的打擊卻是更為嚴重。

他不解為什麼，本家會有這麼恐怖的人？

雖然那個傳奇呂偉已經不在了，但是……

中年男子知道，打從一開始，師父就是以呂偉為目標，而現在的師父，絕對可以贏過呂偉，但是這男人是誰？

除了呂偉之外，鍾馗派還有這等奇人？

與前面那兩個襲擊無偶廟的弟子不同，這個中年男子，非常清楚阿吉的強悍。因為打從一開始，這男子就沒有輕蔑，更沒有輕敵的意識。只是到頭來，卻面對跟前面幾個傢伙一樣的命運。

看著如此無懈可擊的阿吉，中年男子不免心想：這傢伙，會不會比師父還強？

關於這點他不敢說，因為雖然曾經跟師父交過手，不過都是在練習，不曾像現在這樣，以命相搏。

不過他知道的是，今天恐怕就是自己的忌日，不管他願不願意。

即便有了這樣的覺悟，他還是不敢相信，這個世界上竟然會有如此強大的人。

明明外表看起來，就比自己還要年輕。

但是那全方位沒有弱點的感覺，到底是怎麼回事？

上乘的功力，熟練的操偶，敏捷的動作，一個鍾馗派道士可以擁有的，他都擁有，而且訓練精良，實力雄厚。

如果是這樣的傢伙，怎麼會沒沒無聞？

本家到底有多麼臥虎藏龍，竟然可以容納這樣的一個男人，卻沒有任何人知道他打哪裡來。

這對男子來說，實在是件離譜到不可思議的事情。

畢竟這些年來，或許本家早就已經疏忽、遺忘了鬼王派的事情，但是鬼王派卻沒有一日不意識到本家的存在。對於本家的監控，更是謹慎小心到難以置信的地步。

不管是突發事件還是各派成員，他們同樣掌握得一清二楚。從呂偉道長的死，還是到前幾年的J女中決戰，他們幾乎都能在短時間之內，就獲得最可靠的情報。

但是，卻沒有任何報告裡面提到這個男人。

就男子所知，鍾馗派這幾年的發展，要跟這男人一樣強的人，恐怕只有呂偉跟劉易經了，甚至是兩人後面的傳人，都沒有眼前這男人這麼恐怖的強悍。

問題是不管是呂偉、劉易經，還是兩人之後的傳人，都已經不在人世間了，那麼這個男人到底又是打哪裡冒出來的？

不過不管男子搞不搞得懂對方打哪裡冒出來的，也不會改變眼前的事實。

問題就在於，這男人到底強到什麼地步啊？

這點男子自己也知道。

只是，他也很清楚，一旦真的要搞清楚這一點，代價應該就是自己的性命了。

事到如今，似乎也沒有其他選擇了。

不過……就算是這傢伙，師父也不會輸的。

「你確實很厲害，」瘦小的中年男子說：「不過，你也差不多快死了，我就先到那邊等你了。」

聽到對方這麼說，阿吉也只能搖搖頭。

……蠢。

不過，這也是另外一種義無反顧的表現吧？

即便是對手，還是讓人動容，蠢，但是能夠理解。

原本還以為對方會自刎，誰知道中年男子突然抬起頭來。

「師父啊！」

那中年男子仰天長嘯，接著雙手在胸前交叉，朝自己的雙脇下一插，力道之大，甚至指頭都沒入肉中一個指節的程度。

看到對方這模樣，阿吉內心一凜。

自蝕……？

阿吉沉下了臉，確實這招遠遠超乎了自己的想像之外，腦海裡頓時浮現了自己的師父呂偉道長的臉。

這下子，阿吉知道這兩個人可能就算是自己也很難留得住了。

4

雖然說對阿吉的實力非常有信心，不過在大門外等待的玟珊還是急得像熱鍋上的螞蟻。畢竟阿吉還是有個致命的缺點，時間永遠都是阿吉最大的敵人，所以如果可以早一分鐘解決，對阿吉來說，絕對是多一分保險。

因此儘管距離與陳憶玨通電話，不過短短十分鐘左右的時間，不過對心急如焚的玟珊來說，好像過了幾個小時那麼久。

好不容易聽到了遠處傳來的警笛聲，玟珊立刻拉長脖子看著路口，接著看到紅藍相間的光線，幾台警車疾駛而入，最後紛紛停在玟珊的面前。

幾個警員從警車上下來，玟珊立刻迎上前去，向警員們揮揮手。

「那些歹徒就在裡面！」玟珊對員警說。

等到了救兵，接下來當然就是趕快看看裡面的狀況，玟珊帶領員警們，來到了頑固廟的大門前。

正準備去開門，突然一個身影，直接跳過了大門，越過了眾人的頭頂。

這一幕讓在場的所有人都傻眼了，畢竟大門少說也有三公尺高，就算是奧運選手，也不太可能在沒有工具的情況之下一躍而過。

玟珊定睛看清楚這個跳過大門的人影，是一個陌生的中年男子，立刻大叫：「就是他！」

畢竟在玟珊的認知之中，此刻在頑固廟裡面，只要不是阿吉的都是歹徒。

不過其實不需要玟珊大叫，其他員警已經紛紛掏出槍來了，因為這個跳出來的中年男子，渾身上下都是血，看起來就好像剛剛殺過人一樣。

看到這情景，讓玟珊整個人都嚇傻了，回過身正準備衝進去頑固廟，就聽到了一個熟悉的聲音。

「開門！」

玟珊立刻認出那是阿吉的聲音，立刻將頑固廟的大門打開。

大門才剛打開，就看到了阿吉衝出來。

當然，對玟珊來說，剛剛看到男子渾身是血的模樣，還以為阿吉受到什麼傷，看到阿吉這樣跑出來，玟珊開心之餘，也終於鬆了口氣。

不過跑出來的阿吉，可半點都沒有開心的情緒，因為他剛剛才目睹了一場恐怖的殘殺秀。

因此一衝出大門，阿吉就看到了包圍著中年男子的員警們。

「小心！」阿吉叫道，不過阿吉的提醒，終究還是晚了一步。

前來的警員們原本跟著玟珊，正準備衝進去頑固廟，想不到兇嫌竟然以超人般的身手，跳過了大門。

跟念茲在茲就是阿吉，因此一開始將注意力放在臉部的玟珊不同，警員們一開始就注意到中年男子全身是血的狀況。

不管身上的血是誰的，照著標準流程走就是要立刻將中年男子制伏，並且帶回警局偵訊。因此六名警員立刻散開來，將中年男子包圍之外，還喝斥要他趴下。

中年男子扭了扭脖子，臉上的表情極為駭人，扭曲的表情讓人一時之間還真的分不出他是人是鬼，加上渾身是血的模樣，更是讓幾個員警不自覺地退後了一步。

這時，玟珊打開了大門，阿吉順勢衝出來，大聲要警員們小心，與此同時，中年男子突然伸長脖子，哀號了一聲。

「別動！」看到男子有了動靜，其中一個警員大聲叫道。

不過男子非但沒有停止動作，反而在員警大聲喝斥的同時，轉向其中一名警員，立刻撲上去。

男子的動作宛如鬼魅般迅速，一跳就跳上警員的身上，雙手扯住了員警的頭髮。

看到自己的同僚被襲擊，其他員警一擁而上，打算把男子抓下來，沒想到才剛靠過去，男子雙手一扯，將那名員警連皮帶髮整個都扯下。

跟著雙手一揮，將一擁而上的員警全部打飛。

眼看男子的力量、速度以及瘋狂的程度，都已經遠遠超過一般人所能想像的範圍，爬起來的員警們，紛紛舉起了槍。

「不要動！」喝斥男子的聲音此起彼落。

然而男子此刻早就已經失去了理智，仰天長嘯一聲之後，朝其中一名員警衝去。

不過這一次，警方早有準備，眼看男子不願趴下投降，男子一有動作的同時，槍聲立刻響起。

最後，人是留住了，不過只留下了兩具屍首，然而有一個確切的訊息留了下來。

鬼王派，真的有除了鍾家續以外的傳人，而且強大的程度，遠遠超過鍾家不知道多少倍。

經過了這個晚上之後，阿吉非常清楚，自己也不能再這樣下去了。

看樣子，該是時候練一練那一招了。

5

好不容易又找到了人，原本阿吉還想，只要這一次抓到兩人，相信陳憶玨那邊，肯定會加強戒備，不會再讓人有機會斷尾求生，沒想到最後還是這樣的結果。

在中年男子使用了自蝕之後，原本以為自己會成為他的一個目標，誰知道他竟然先跳到那個量倒在地上的年輕男子身邊，接著一把抓起年輕男子的頭，猛力一扭，就連阿吉都聽到了骨骼斷裂的清脆聲響。

在阿吉看來，光是這一下就已經足以殺死年輕男子了，誰知道那中年男子跟著手指一掐，就插入了年輕男子的喉嚨之中，然後一扯之下，整個喉嚨被他撕了開來，鮮血四濺。

看到這等殘忍屠殺的場面，讓阿吉回想起當年的狀況，因此他完全不敢大意，好在手上還拿著戲偶，而且鍾馗還跳了一半，所以順勢向前再踏出一步。

這一步比起前面幾步來說，不但使上了全力，還多加了一分腎上腺素的力量，畢竟看到對方使出這招，阿吉也是真的嚇到了。

真的作夢也沒想到，對方竟然會自蝕……

因此這一踏真的可以說是威力驚人，不但踏下去的力道，讓一旁牆壁的窗戶跟著發出聲響，就連中年男子也被阿吉這一踏，整個擊飛了出去。

這也讓阿吉了解到，男子並沒有真正進入那條通道，如果進入的話，自己不可能這樣一踏把男子震開。

儘管如此，能夠到這種地步還是很驚人。

被震開的男子，摔在地上不到一秒的時間，身子一扭整個人就已經站起來了，那反應與動作，根本就不像人類所有。

眼看男子又站起來，阿吉抬起腳，正準備再來一下。

男子見了，朝旁邊一跳，就這樣從三樓高的空中跳下去。

這下就連阿吉也傻眼了，收起了刀疤鍾馗之後，立刻衝下樓，不過等到阿吉下樓時，男子已經跳過大門，最後則是慘死在警方的槍下。

即便後來警方緊急將兩人送醫，不過卻是回天乏術，好不容易遇到的線索，又這樣中斷了。

不過不管怎麼說，也不算是毫無所獲，至少可以確定，對方真的是以鍾馗派為目標，而且他們上面還有一個師父，儼然就像黑社會一樣的組織犯罪。

除此之外，最讓阿吉在意的還是那男人最後使用的招式……

阿吉很清楚，那男人還沒有完全……

至少從那男人使用那招的模樣看起來，大概就可以體會出這一點，他還沒有完全進入那條通道之中，不然的話，說不定今晚的結果會完全相反。

不過阿吉知道，弟子都可以做到這種地步了，他們的師父，很可能跟自己的師父呂偉道長一樣。

想不到，這世間還有人可以跟自己的師父一樣，光是想到這一點，就讓阿吉感覺到不寒而慄。

除此之外，還有個真正的問題是，為什麼鬼王派還有那麼多人？而且他們口中所說的師父，又是什麼樣的人？而跟著曉潔的鍾家續，又在這些鬼王派之中，扮演著什麼角色？

看著阿吉不發一語，站在一旁，玟珊靠過來。

「阿吉，你在想什麼？」玟珊問。

「我在想，」阿吉沉著臉說：「會不會鍾家續跟他的父親，只是個棄子，就好像日本的影武者那樣。」

阿吉小時候最喜歡讀一些歷史故事，三國演義跟水滸傳就是他的最愛，因此當年在練習操偶的時候，都會以三國故事作為藍本。

除了這兩部之外，日本戰國歷史阿吉也算是多少有涉獵，尤其是由山崗所寫的那套戰國歷史小說，阿吉在高中的時候也算是沉迷過，所以對於日本戰國歷史，以及相關的稗官野史，阿吉也很清楚。

不過玟珊就不是很懂了，因此聽了之後一臉疑惑。

「有些日本的傳說，」阿吉解釋道：「說德川家康跟武田信玄這種大名……」

「大名？」

「大名就是君主之類的意思，」阿吉說：「這些武將是日本戰國時代的君主，然而當時處於亂世，暗殺等以下犯上的事情頻傳，即便是一國之君，也隨時都有可能被自己的親人或手下暗殺，除此之外在戰場上，也特別容易成為對方的目標。因此這些君主傳聞都有所謂的影武者，也就是替身的意思。」

「你的意思是，」玟珊說：「鍾家續跟他爸，只是誘餌？就好像浮在水面上，讓本家追殺的目標？」

玟珊的領悟力很不錯，光這樣聽就了解了阿吉的意思，阿吉點了點頭。

「這也太殘忍了吧！」

「嗯，」阿吉點了點頭：「如果是這樣把堂堂本家當成犧牲品，鬼王派也太墮落了。」

而且阿吉確定的是，就算鬼王派真的墮落至此，恐怕鍾家續也完全不知道自己被人當成可以犧牲的犧牲品。

光是那桀驁不遜的眼神與那忿忿不平的態度，都在在顯示鍾家續本人完全不知情。

這就是鍾馗派的道士真正的觀察能力，諷刺的是，即便無心在道士這條路上，阿吉卻流著真正鍾馗派的血統，擁有鍾馗派道士應有的素質。

跟玟珊、曉潔等人不同的地方是，阿吉是十分傳統的鍾馗派弟子，所以對於鬼王派大致上的來龍去脈還算了解。

對阿吉來說，了解鬼王派之後，就會了解到其實鬼王派的衰退，從某個角度來說，是個不能避免的結果。

在魔悟之後，從口訣之中萃取出來的精髓，成為了另外一種口訣般流傳下來。

然而與其說是口訣，不如說是家傳技巧一般，沒有固定的文字，有的都是經驗的累積，口語的內容，因為這些領悟都不是像鍾馗祖師所流傳下來的口訣那般，字裡行間隱含許多奧秘，所以每一代都靠著自己的語言，自己的理解，將這些技藝傳承下去。

只是這樣做的結果，雖然有助於傳承，但卻總是會有所缺漏，不夠嚴謹的結果，比鍾馗派本家缺失的部分還要更加嚴重。

人非完人，而收鬼降魔之路又如此寬廣，總會有些東西被遺忘。

本家的口訣，雖然有所缺漏，但總歸有個系統。

但是鬼王派，卻只要一個不夠細心的繼承人，就可能讓大半訣竅遺漏。

除此之外，在鬼王派自立門戶之後，曾經度過它最風光的時刻，那是在雙方還沒有真正起衝突的時候。

在各自為政的情況之下，鬼王派因為容易速成的關係，受到很多人的青睞，成長的程度甚至一度超越本家，最後也憑藉著這樣的聲望，壓過了本家，甚至在雙方衝突之後，擊潰了本家，成為真正代表鍾馗祖師的門派。

然而在清朝之戰落敗之後，這樣的情況卻有了徹底的改變，鬼王派的各家越來越少收弟子，幾乎成為了家傳技藝。

最主要的原因，當然還是因為身分敏感的關係，一旦收了弟子，那麼等於自己被人發現的機會又多了一層。

這樣的情況，多少加速了鬼王派的沒落，然而為求自保，這也算是不得不的抉擇。

想不到今天，不但有了弟子，而且還讓本家的鍾家續當成誘餌，實在讓人很難想像，這些年，鬼王派到底發生了什麼事情？

當然，阿吉也不能排除的事情是——說不定打從一開始，鍾家續就不是鍾家的人，只是冠上鍾家的名字而已。

不過就算真的是如此，這樣利用鍾家的名字，也同樣是種墮落。

只是，除了這四個人之外，到底還有多少鬼王派的人呢？

而他們這樣不斷想要襲擊本家的目的到底又是什麼？

雖然已經感覺到逐步接近核心，但是對於這一切，阿吉卻沒有半點答案。

不過至少有一件事情是肯定的，那就是不管阿吉的意願如何，這場鍾馗派與鬼王派之間的衝突，似乎已經不可避免了。

只不過就連阿吉都不知道，雙方這經歷了將近千年的惡鬥，如今將會徹底畫下一個句點，現在眾人才剛上了車，而且是一輛通往終焉的死亡列車。

The End

後記

大家好，我是龍雲。

寫這篇後記的時候，已經是六月底了，再過一個禮拜，就要開始學生們最喜歡的暑假了。

剛好，這次的故事所發生的時間，就是在暑假的這兩個月。

回想起以前放暑假的時候，真的有種上了天堂的感覺。家母雖然是老師，但是暑假還需要去進修或者是值班等等，大部分的時間都不在家，因此我幾乎都是一個人在家裡。

尤其是剛放暑假的時候，每一天的心情真的都飄飄然，感覺假期完全看不到盡頭。

然後可想而知的是，一轉眼假期就到了尾聲。

不過這次倒不是要跟大家分享，假期可以有多爽。

其實暑假到了最後除了那堆積如山的暑假作業之外，最讓我印象深刻的地方，就是開學了。

可能有些比較要好的同學，在暑假的時候，還會一起到處玩，不過其他的同學，真的就是相隔了兩個月之後才見面。

我印象很深刻的就是，每次放完暑假之後，雖然大部分的同學，都跟兩個月前差不多，只是多了點陌生感之外，總會有幾個同學，感覺變化很大。

這些變化不只有外貌的改變，像是突然剃了個大光頭之類的，有些甚至連個性、想法都有驚人的改變。

看到這樣的改變，不免會讓人懷疑，到底這兩個月他們經歷了什麼事情。

不過這也讓我體會到，原來有時候改變一個人，只需要兩個月的時光就可以了。

這些改變有些讓人覺得驚奇、好笑，不過也有些讓人感覺到無言與討厭。

不管是什麼樣的改變，有些還真的讓我難忘，一直到今天都還記得。

而在寫第三部的時候，確實有時候也會讓我想到這些回憶，甚至也會想著，如果鍾家續回到學校去，不知道其他同學會有什麼樣的感覺呢？

在已經遠離了暑假這種生活的多年之後，回想起來還是有這些回憶，縈繞在我的腦海裡。

這或許也算是一種對暑假的眷戀吧？

好啦，跟過去一樣，希望這一次的內容，大家會喜歡，那麼我們下次再見嘍。

龍雲

龍雲作品 28

驅魔少女：紅衣凶魔

國家圖書館出版品預行編目資料

驅魔少女：紅衣凶魔／龍雲 著. 一 初版. 一
臺北市：春天出版國際，2019. 07
面；　公分. 一（龍雲作品；28）
ISBN 978-957-741-220-1（平裝）
863.57　108011103

ISBN 978-957-741-220-1
Printed in Taiwan

作者　龍雲
封面繪圖　LOIZA
總編輯　莊宜勳
主編　鍾靈
責任編輯　黃郁潔
美術設計　三石設計

出版者　春天出版國際文化有限公司
地址　台北市信義區信義路四段458號3樓
電話　02-7718-0898
傳真　02-7718-2388
E-mail　story@bookspring.com.tw
網址　http://www.bookspring.com.tw
部落格　http://blog.pixnet.net/bookspring
郵政帳號　19705538
戶名　春天出版國際文化有限公司
法律顧問　蕭顯忠律師事務所
出版日期　二〇一九年七月初版
定價　240元

總經銷　楨德圖書事業有限公司
地址　新北市新店區寶興路45巷6弄6號5樓
電話　02-8919-3186
傳真　02-8914-5524